我去

1992

家庭装 / 著

北京联合出版公司

Beijing United Publishing Co.,Ltd.

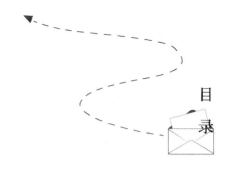

目 录

篇 一

春天的婚礼

我想或许在很多年以后，
再回想起那个细雨绵绵的南方清晨，
也许，
并不会再有什么特别的记忆，
除了那一句：傻×。

>>>

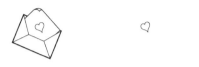

清　晨

　　那天花小枝很漂亮，用李小宏的话来说：花小枝该不是整容了吧？

　　花小枝到底有没有整容，关于这个问题，我还是很有发言权的，毕竟，在花小枝坐在她家的梳妆台前开始化妆时，我就坐在一旁当监工。花小枝是极美的，化上妆之后却是极妖的，像是逼婚唐僧的女妖精。

　　周小昱在看完花小枝的妆容之后，发出了一声来自灵魂深处的疑问，他说："你们猜今晚这位新郎官会被清蒸还是黄焖？"

　　对于这种突如其来并且没头没脑的问题，我是接不下话来的，谢小希在这方面比较有天赋，他说："你们是说花小枝是只母螳螂？"这下，我是彻底接不上话了，谢小希在聊天方面比较天赋异禀，换句话说，节奏比较飘忽，所以我们都在等，花小枝化妆的手也停了下来。

　　"《黑猫警长》那集都有印象吧？"在短暂的停顿之后，谢小希说。没有一个人接话，气氛突然紧张了起来，周小昱点上了一支烟，李小宏下意识地挪动板凳，靠在了墙上。

　　"有印象吧？"谢小希提高了声调，很像《黑猫警长》里的一只耳。

　　沉默。

本该喜庆的房间里，死一样的沉默。

或许，谁也没有印象。

但是，谁也不敢搭话。

"真的没印象了？"谢小希拍了一把大腿，接着追问。

周小昱手里的烟烧到了过滤嘴，烟灰结了老长，略有弯曲，就要断掉。周小昱要忍不住了。

"希哥，"周小昱说，"你他妈有病啊！到底哪集你不说，我们有个毛印象。"

如我所说，谢小希的节奏是很飘忽的。

那集《黑猫警长》是我们几个人一起看的。两只螳螂结婚，洞房花烛夜公螳螂却被杀害，甚至没有完整的尸体。黑猫警长查了一宿，最后把母螳螂给逮了。其实说实话，当时黑猫警长为什么要把母螳螂带走，我一点儿也没有看明白。我记得当时我们几个人都很惊讶，内心的独白应该是：原来母螳螂是凶手！但是，好像没有人问为什么。

这个问题在我心头萦绕了很久，久到我已经把这个问题给忘记了。

周小昱把烟灰弹向谢小希，又点了一根。谢小希跳了起来，险些把他身后的李小宏撞倒。李小宏顺势套了谢小希一脚，谢小希就趴地上了。

"母螳螂吃公螳螂那集？"李小宏问躺在地上的谢小希。

"啊！就是那集，头都吃没了。"谢小希换了个姿势，一点想要起来的意思也没有。

"那个，其实，我想问，到底那只母螳螂为什么要吃它老公呢？"周小昱深吸了一口烟，语气深沉，眼神深邃。

"也许，是因为，不太和谐？"我说道。

听我说完，李小宏当时就跳了起来："这也可以？太狠了，连个磨合期都不给？"

"你个处男，闭嘴。"谢小希吼了李小宏一句。

"你还好意思说别人呢！大哥不说二哥，你也闭嘴，"周小昱吼了他们俩，"到底是为什么，谁能告诉我！这个问题困扰了我很多年！"

气氛又陷入了沉默。

谁也不知道答案。

突然，花小枝开口了，她说："是因为饿了。"

母螳螂在新婚之夜，因为肚子饿，把老公吃掉了。这是我听过的最恐怖的故事。

周小昱的第二根烟又抽完了，他抽出第三根烟，放到嘴边又塞了回去。过了一会儿，他问花小枝："那个，今晚要结婚那哥们儿现在在哪儿？"

谢小希也问了，他说："那个什么，人和动物的习性是不相通的吧？"

李小宏忍不住也掺和了一句，他说："那么，花小枝你现在要不要吃点东西，不然晚上饿。"

这种时候，如果我不问点什么，好像不太合适，于是我问道："这婚，要不就不结了吧？"

"啪啪啪啪"四个问句之后，花小枝又停下了手里的化妆笔，她驮着厚重的礼服慢慢转过身，对我们说："傻×啊你们！"

花小枝是个脾气暴躁，却又美艳的姑娘。

如同所有漂亮的女同学一样，花小枝也要结婚了。在2016年的这个春天，24岁的花小枝回到了家乡，要与一个我们谁也没有见过的异乡男人走上红毯，交换戒指，最后洞房花烛。

婚礼的酒店就在小时候放学回家的那条路上，那时还没有这家酒店。花小枝还有我、周小昱、谢小希、李小宏，每天放学就会沿着这条路回家，那时这还不是一条平整的柏油路，春天下过雨后，这里是泥泞的一片。

李小宏会用手捧起一把泥巴，假装要糊花小枝一脸，起初花小枝会提起裙子逃开，到后来，花小枝会脱掉她的凉鞋和李小宏对攻。最后李小宏会带着满身的泥巴回家，挨揍。到傍晚，花小枝的妈妈会在纳凉时和李小宏的妈妈聊天，当李小宏的妈妈得知花小枝也是满身泥巴地回到家，李小宏会再次挨揍。

在我们长大成人的十多年里，那条路一直是那样。时常有装货的大车碾过，小水凼渐渐地变成大水坑。有一次周小昱喝醉了，在某个阴雨绵绵的春天，扒光了衣服跳进了某个水坑里。那时周小昱已经长到了一米八的个头，愣是在坑里游了两下，才摸到坑沿。最后他还举起了手，振臂拍起水面，像是赢了游泳冠军一样。我记得那天周小昱的裤衩掉了，直到炎炎夏日到来，才把那条裤衩找了回来。

至于谢小希，他和这条路并没有什么特别的故事。除了我实在看不惯他在雨天套鞋套，会偶尔使坏戳破他的鞋套。谢小希总是一副无可奈何的模样，不过他是一个很固执的人，固执到即使发现鞋套破掉了，也仍然要从书包里掏出透明胶带粘好。当然，他也是一个懂得隐忍的人，很多年以后，他以戳破了我很多个避孕套宣告复仇成功。我想，语文课本里那篇《卧薪尝胆》的课文，对他的影响应该很深远。

接亲的队伍，就是从那条路出发的。

因为新郎是外地人，花小枝的朋友和亲戚们凑了一支车队，充当新郎的接亲队伍。我借了家里的车，谢小希则开了他那辆破吉普。周小昱就更加夸张，干脆把单位的巡逻警车开了出来。其实这也没有什么问题，毕竟整个车都装饰满了鲜花，贴满了喜字。

车队驶到一半，谢小希在对讲机里说："小川，我真想这条路还是烂泥路，我开这吉普滋你家车一身泥。"

"不用这么麻烦，你现在踩脚急刹，我立马钻你车屁股。"我在对讲机里回他。

"我急刹，你怼我，大哥那警车怼你，这责任算谁的？"

"不怕，先怼再说。"

"嘿嘿，我就开个玩笑，真怼了花小枝不得怼我啊？"

"那就别废话。"

这个时候李小宏在对讲机里说话了。没错,那时坐在周小昱警车副驾驶位的李小宏,成了推动历史进程的重要人物。他说:"我们几个每次走这条路,总要出点什么事情,我觉得吧,今天不寻常。"

李小宏的话音刚落,整条路上响起了警笛声。空气里还带着薄薄的雾气,路旁的树叶在微风之下沙沙作响。我感觉整个车队都很紧张,因为警笛声没有变弱也没有变强。

"大哥,这玩意儿怎么关掉?"对讲机里响起了李小宏的声音。

"×,让你手贱!"周小昱的话音刚落,在我车后的他已经开着警车蹿了出去。

"大哥,你告诉我怎么关不完了吗?非得这么甩我甩吐了啊!"

"刚才蹿出去那车车牌号看清了吗?"

"贵A·GE258。"谢小希在对讲机里喊。

"那车他妈有问题,警笛一响就蹿出去了,你们先去!我逮他!"

"大哥!"李小宏突然在对讲机里喊了这么一句。

"说!"

"能靠边先放我下去不?"

"×!"

周小昱最终还是没有把李小宏放下车,我想如果周小昱真的追到了那辆车,那辆车上的人真的有问题的话,警局是不是会考虑送一面锦旗给李小宏。周小昱的车蹿出去没多久,谢小希的声音从对讲机里传来:"小川,你说我们是不是也……"

"追!"话一说完,我也拨转方向盘,蹿出了车队。

"有魄力!大胆地去追!我,殿后!"谢小希的声音像打了鸡血一样。

"殿你个头啊!赶紧追!"

就这样，三辆车头装饰着鲜花的婚车风驰电掣般飞驰在不算太宽的道路上。其实那辆可疑的车辆究竟值不值得去追呢？据我所知，周小昱不是那么爱岗敬业的人，更何况，今天还是花小枝的婚礼，我们的使命是热热闹闹地去接亲。我不知道此时坐在家里的花小枝作何感想，但是头车里的新郎脸色应该不是很好看的。

终于，在高速的行驶中，手头不太闲的李小宏问出了我们都想问的问题："大哥，这车难道你认识？"

"不认识。"

"那你追他干什么？"

"他可疑！"

"大哥，恕我直言，你他妈有这么敬业吗？"我实在忍不住问了周小昱。

"并没有！"

"……"

我想，可能那天周小昱看见了他们领导的车也在那条路上，所以想要积极表现一番。可是私用巡逻警车来做婚车这事又怎么算呢？总之，那天清晨的周小昱显得很不正常。这件事情也告诉我们一个非常重要的道理：巡逻警车上的东西，别瞎摸。

我印象里那天我们追出去了大概有二十多公里，在柏油路汇入县道的衔接路段，我们终于停了下来。我和谢小希下了车，看见李小宏趴在车窗边吐了，吐得昏天黑地。李小宏一边吐一边还不忘口含唾沫星子地对我们说："那么直的道，非开得像跑秋名山一样，妈的，赶着送豆腐啊！"

周小昱下了车，望着前方已是泥泞不堪的县道，点了一支烟，顺带看了一眼手表："你们说，半路追凶这话，花小枝会信吗？"

"追到了，信；没追到，不信。"我说。

周小昱叹了口气，接着问："那说李小宏半路突发羊痫风，我们送他去医院，信吗？"

"这么说搞不好可以。"谢小希说着忙掏出手机，拍了两张李小宏的呕吐物。

"你恶不恶心，你得拍人。"说着周小昱也把手机掏了出来。

"拍个屁你们！"李小宏大手一挥，差点拍掉了谢小希手里的手机，"如果花小枝不聋的话，她应该已经听说我们几个往哪个方向跑了，如果凑巧她也不傻的话，我他妈发病了你们给送去乡镇医院啊！"

"市级三甲医院！在那头！"李小宏指着我们来路的方向，声音沙哑得像是没完没了抽了一晚上烟还嚼了一晚上巧克力。

当时周小昱走到我身旁，悄声问我："你说小宏这性情怎么突然就变成了这个样子？"

"不知道，"我说，"搞不好天生就是这个德行，小时候不显，说不定上大学这些年什么人把他那个开关给开了。"

"开玩笑，"周小昱看着晕晕乎乎的李小宏，"卢小菲这么多年都没找到那个开关。"

"这谁说得清楚。"

我和周小昱正闲扯着，听见李小宏的电话响了。李小宏看了一眼手机屏幕，把电话递给了周小昱，周小昱不接，他又递给了谢小希，谢小希也不傻，最后他决定开免提。

"人呢？"电话那头问道。

"人还没抓到。"周小昱说。

"我是说你们几个人呢？"

"追凶！"李小宏说。

"半个小时，你们不来我不走。"说完，电话就被挂掉了。

李小宏如释重负，把手机揣进了兜里。"走呗！"他对我们说。

谢小希嘿嘿地笑了起来，钻进了他那台破吉普里，我也赶紧上了车，第一时间把车门锁了起来。在李小宏进谢小希的吉普车不成，走向我的车时，我发动油门第一个掉头开了出去。我听见谢小希在对讲机里说："大哥，宏哥他刚才诋毁你，我要是你，就让他感受感受什么叫风驰电掣。"

"秋名山送豆腐的怎么了？送豆腐就没尊严了吗？宏哥吐了，豆腐也不会散！大哥你说是不是这道理？"说完，我看见周小昱刚摁下对讲机按钮，却被李小宏一把抢了过去："你们两个没人性！"

"我也没人性，你别坐我车。"周小昱在旁边幽幽地说了这么一句。

"哎哟，坐警车安全，我跟大哥混。"

"别，你坐他们的去。"

"他们俩领驾照才多久啊！我坐大哥的，安全！"

"我的证是假的。"

"真的假的啊？"

"假的。"

"我就说嘛，好歹是个正经公务员，怎么能办假驾照。"

"是真的假的！"

"那你找个塑料袋给我，我怕待会儿又要吐。"

"储物箱里，自己拿。"

"这怎么还俩洞啊！"

"套犯人的。"

"……"

在回去的路上，我在想，周小昱也许是紧张了。他既不是新郎，花小枝也不是他的前女友，但是他紧张了，可能比他自己结婚还要紧张。谢小希和李小宏也许也是紧张的，只是他们还没有表现出来。

而我呢？花小枝是我的前女友，我该怎么去面对这场新郎并不是我的婚礼呢？

更糟糕的是，我还是花小枝指定的伴郎。

或许我该没心没肺地这么闹下去，等这一天过去，一切一如往常。花小枝会和她新婚的丈夫回到北京，过着外人看来甜蜜的生活。周小昱继续在他的岗位上摸爬滚打，没准儿几年过后就成了处级干部。谢小希继续倒腾他的破烂生意，也许几年过后，破吉普会换成体面的大切诺基。李小宏会继续回学校念他的博士，也许最终留校成为一名大学教师。而我呢？继续回到上海，开始没日没夜地工作，以期在偌大的城市里过上并未有所规划的生活。

我想起在接到花小枝婚礼请柬的当天，我和她通过电话。

她当时问我："工作还愉快吗？"我回答她："不愉快。"她又问我："上大学的时候愉快吗？"我回答她："也不那么愉快。"她最后问我："什么时候是最开心的？"我回答她："其实小时候咱们一帮人过家家的时候最开心。"

我没有忍心对她说的是，生命中最美好的时光应该是那些期望了、计划了，却最终没能去到的日子。

那天她说，她要结婚了，我说："我知道，恭喜你。"

她问我是否会来，我说："我会，带着大红包。"

其实，我也就是在婚礼的前一天夜里才回到家。那晚是周小昱开着巡逻警车去机场接的我。我已经有两年没有回过家，机场也改建成了两个航站楼，像是任何一个城市的机场一样，有 T1 有 T2，或许有一天会修到 T3 和 T4，不过早在 T2 的时候，就与我无关了。

那晚周小昱穿着一身警服，腰里别着根警棍，我开他玩笑，问他是不是地勤，他笑了，说如果飞机晚点他就准备扔下我不管了，晚上打架打得热闹，警力不够，不光警力不够，警车也不够。

我问他："被查着了要挨多大处分？"他说："处分倒不至于，就是烦人。"周小昱问我去不去整两杯，我问他："醉着执法也可以？"

他说："那样执法效率更高。"我说："算了，你工作要紧。"

他问我是不是直接回家，我说先送我去找花小枝。他说原来不是因为他工作要紧，我说那我陪着你去逮打架的开开眼。

他说："花小枝明天就嫁了，你他妈怎么还有心思看打架。"我说："那你说我去哪儿，做什么？"他说："你应该买两瓶原浆米酒，然后跑到高中的操场喝得酩酊大醉，最后错过花小枝的婚礼。"我说："那我不光份子钱亏了，机票钱也亏了，你的处分也白挨了。"

周小昱最后说："你怎么那么没心没肺。"

我想我是没心没肺的。

那天夜里的风很清爽，一如很多年以前校园里散步时的印象，不过此时我的身边是五大三粗的周小昱，并不是灿烂如花，笑起来眼睛能容下世间所有美好的花小枝。究竟我和花小枝是如何成为现在的样子的？我是一点儿头绪也没有。或许周小昱能给我一些头绪，所以我问了他。

他递给我一支烟，正准备点火，却突然眯着眼，表情狰狞得像是毒瘾发作的病人。

"怎么了？"我问他。

"有的事情啊！就是不能憋着。"说着他开始伸手过来掏副驾驶座上的储物箱。

我突然觉得周小昱这句话很深意，如果当初不是因为互相置气，或许明天牵着花小枝走红地毯的人就是我。我不知道这样的想法是好还是坏，但至少证明，我并没有忘记花小枝。那些两个人窝在被子里畅想过的生活，一直在我的脑海里。可是正如之前所说，我并没有对明天之后的生活有所规划，毕竟，那只是一个人的生活。

我还在怅然若失地胡乱想着，周小昱却从储物箱里掏出了一个大家伙，像一个小型的迫击炮。

"这人啊，"周小昱说着，把迫击炮架出了窗外，"就是不能憋着！

对面那孙子开大灯闪得老子火大，我忍他很久了。"

"你这是什么玩意儿？"我问他。

"照明专用灯，戴墨镜都不好使，照谁谁瞎。"

"先别闪人家了。"我指着周小昱的仪表盘问他，"你这仪表盘上的亮着的这个蓝灯是什么意思？"

"远光灯。"周小昱的神色凝固了两秒钟，最后他把迫击炮收了回来，启动了车。

"撤！"

中　午

　　花小枝果然是花小枝，一言九鼎，女中豪杰，没等到我们几个，就是不开门，新郎官支付宝和微信钱包钱都扫光了，还是不开门。

　　"谁给我搞个POS机，待会儿那四个蠢货来了让他们刷卡！"

　　据说这是花小枝在房间里的作战指令。我相信这样的指令不是花小枝下达的，而应该来自伴娘作战团的首席参谋长——卢小菲。卢小菲或许是因为当了太多次伴娘的缘故，为难新郎接亲队伍的作战策略可谓神鬼莫测。据说本市第一个提出向新郎扫描二维码的人就是她。很难想象得多大一个"富二代"，才娶得上卢小菲。

　　我们四个人到时，新郎还挺悠闲，拉了条板凳坐在楼道窗边看天。倒是其他人挺尴尬，有两个人不知道从哪儿捏了个纸巾团在地上踢，踢中花小枝家的防盗门，还叫了一句："中国足球出线啦！"

　　都是喜事。

　　"哟，都在呢。"李小宏一上来就没头没脑地说了这么一句。

　　"哟，才来呢。"新郎的一个朋友回了这么一句。

　　新郎见我们来了，起身走了过来，对我们说："时间刚好，没有你们这群发小助阵，花小枝我可娶不回家了。"

"那就得看看你这位新郎官的诚意了。"李小宏又开口了，说完掏出手机打开支付宝就准备扫码。

新郎带来的两个朋友脸都绿了。周小昱踢了李小宏一脚，骂道："他妈的你怎么跟卢小菲一个样，今天咱们是男方这边的。"

"对，这是花小枝下达的政治任务，请不要因为个人感情问题就动摇自己的政治立场，要有觉悟！"谢小希插了这么一句，说着就准备去敲门。

门还没敲上，楼下风风火火跑上来一位阿姨，阿姨头顶还插着一朵艳丽的塑料花。

"王阿姨，你怎么来了？"周小昱认识这是楼下超市的老板娘。

看起来王阿姨像是一路小跑着上来的，到门口终于体力不济，一只手叉着腰喘着粗气，一只手举着什么东西，像是在炸碉堡的董存瑞同志。

"王阿姨，您手里拿着的，不会是个 POS 机吧？"谢小希看着王阿姨手里像板砖一样的东西，我觉得他心里应该感觉到了一阵凉意。

周小昱听谢小希这么一问，顺手拍了身旁的李小宏脑袋一巴掌："就你家卢小菲鬼主意多！"

"你跟卢小菲结婚，我一定要去当伴娘，当你伴郎绝对亏，亏得连裤衩都不剩。"谢小希望着王阿姨手里的 POS 机，或许心里已经流下了眼泪。

我们白话了几句，王阿姨的气儿也喘够了，"啪啪啪"地拍门："小菲开门，POS 机我给你拿上来了。"敲完门王阿姨瞪了我们两眼，"你们这帮孩子，也不知道帮你王阿姨敲个门。"

卢小菲这时打开了门，虚开出一条门缝，把 POS 机接了进去。

"谢谢王阿姨哈。"

"没事儿，可劲儿刷。"说完王阿姨转身走了，临走前意味深长地打量了一眼新郎，顺带在李小宏脸上捏了一把。

"老少通吃，可以啊！"我看着李小宏，看着他脸上被捏出来的手指印。

"别瞎说，那是我奶奶的妹妹的孙女的姑妈，你又不是不知道。"

王阿姨确实是李小宏的奶奶的妹妹的孙女的姑妈，而卢小菲呢，是李小宏奶奶的妹妹的孙女的姑妈的侄女。我们一度以为如果有朝一日李小宏和卢小菲结婚了，肯定会生出个畸形来。较我们早熟一点的周小昱曾对李小宏说："你要真是铁了心跟卢小菲结婚，趁早结扎，听我的准没错，不管是心理上还是生理上，你都会好受得多。"我想李小宏肯定是当初被周小昱的话吓出了童年阴影，导致时至今日，他还是个处男。

不过这样的命运有望在今天得到终结，毕竟，婚礼上伴娘们和伴郎们发生的故事要比新郎和新娘的来得多，来得刺激。

"你先。"周小昱推了李小宏一把。

李小宏灵巧地弓身退了一步，却推了谢小希一把："希哥你该出血了，这几天宵夜都是我请的，你先。"

谢小希冲新郎和新郎的两个朋友抛了个媚眼，那意思是：你们先顶上，我殿后。

这一切卢小菲都从花小枝家那个老式防盗门的超大猫眼里看得一清二楚，终于，她忍不住发话了："希哥你别挤眉毛了，他们几个全缴枪了，剩你们四个！李小宏，你先来！"

"为什么是我！"卢小菲枪口转得太快，以至于李小宏因嘲笑谢小希而张开得能同时吃下五个煎饼果子的嘴还没能合上。

"一个都少不了，你先来，越后面越惨。"

"……"

那天损失最惨重的，要数谢小希，在他那里，POS机一共响起了四次"请您输入密码"。我记得李小宏很关切地问了谢小希一句，他说：

"希哥，昨晚喝酒你说你这卡刚升的信用额度，多少来着？"

当然，谢小希是没有心思回答的。

其实，在我们终于冲过关卡，打败卢小菲这只恶龙，护送马里奥来到公主面前的时候，所谓的良辰已经过去了。家长们催人的电话一个接着一个，谁接了都是一顿数落，最后大家都很默契地不再接电话了。

花小枝的那间房里挤满了人，卢小菲像夯了毛的老母鸡一样扯着嗓子喊着："在这间不到三十平方米的房间里，你们连一双三十四码的鞋都找不到还指望娶媳妇儿呢？"谢小希和李小宏此时在客厅里抽烟，我和周小昱一人守着一个门框靠着，花小枝盘腿坐在床上，裙摆遮住了大半张床。男孩儿们鸡飞狗跳地找着婚鞋，女孩儿们上蹿下跳地挡住男孩儿们的路。

我望着床上的花小枝，花小枝在看着找鞋的新郎，她的目光一直没有离开过。我将目光收回，却又不知看向哪里，于是只好瞥了一眼旁边的周小昱。他的脑袋枕着门框，像盯着天花板，又像是睡着了一样。

"看什么呢……"当我也抬起头，问出的话又收了回去。

"我算是知道客厅那个木梯子是干什么用的了。"

花小枝的婚鞋不知道被谁给架到了吊扇上，百分之九十九点九的可能是卢小菲。

"你说卢小菲怎么那么无聊？"我忍不住问周小昱。

"我猜吧，这应该是李小宏放的。"说着，周小昱冲客厅的李小宏和谢小希勾了勾手，让他们过来，像是警察在接头地点招线人一样。

"你什么时候改行当粉刷匠了？"周小昱问李小宏。

"什么意思？"

"就是'我是一个粉刷匠，粉刷本领强。我要把那新房子，刷得更漂亮。刷了门来又刷墙，顺便把那鞋子放'。"我一边唱，一边伸出手指指向头顶的电风扇。

"宏哥，可以啊！就是用门口那木梯子吧，也是跟你奶奶的妹妹的孙女的姑妈那儿顺的吧？"这种揶揄李小宏的机会谢小希是不会错过的。

"不是我放的。"

"不信！"我们三人异口同声。

那双婚鞋究竟是不是李小宏放的，我们始终没有确切的答案。不过不管是谁把那双婚鞋放在吊扇上的，下面的这群人也始终没有能够成功找到它的迹象。想到这里，我心里莫名其妙地燃起一丝对卢小菲的恨意。我想我应该感谢她，感谢她创造性的思维能够拖住花小枝出嫁的脚步。但是那一刻我确实是恨她的，我也不知道为什么。

这时候，李小宏开口问道："你们说，他们像这么插秧一样地找，得找到什么时候？"

"悬，说不定赶不上中饭。"谢小希摸了摸肚子，"就没人抬个头看看，我每次上厕所都会抬头扫一眼。"

"……"

对话就此陷入了短暂的沉默。

"这他妈和他们找婚鞋有'毛'关系？"周小昱还是忍不住说了一句。

"我的意思是要养成习惯嘛！"

"屁，你那习惯是被吓的好吧。"李小宏语气挺不屑。

"好意思说，还不是你吓出来的，妈的就没见过趴厕所隔间上几十分钟就为吓唬我的。"谢小希刚说完，仿佛突然灵光乍现一般，音量调高了八度，"×，那这婚鞋就是你放的，从小就有这爱好。"

谢小希的这一声引起了花小枝的注意，她终于将眼神从混乱的人群中挪开，望向我们这边。在短暂的眼神交流中，我终于还是没能忍住。

我把电风扇开关打开了。

花小枝的目光随着我的手慢慢转向头顶的风扇，当她看见那双鲜红的婚鞋随着风扇渐渐加快转动，她笑了。她扭过身，正对着我笑了，是那种足以收进世间所有美好的笑。

那双婚鞋也正好掉在了她的手边，她顺势将鞋收进了裙摆里。

最后不知谁大骂了一声"谁把风扇打开了"，花小枝笑盈盈地拿出婚鞋，递给了新郎。

"人真要嫁了啊！"周小昱对着我叹了口气。

"这儿人少，还来得及。"谢小希也冲我叹了口气。

"你闭嘴。"我赶在李小宏开口之前，对他喊。

李小宏摊了摊手，说："我并没有想要对你说什么。结婚，是喜事，更何况是花小枝。你最爱的花小枝啊！"

我笑了笑，对他说："你这叫'不想说什么'呀？"

"千言万语尽在不言中。"

"……"

似乎，节奏比较独特的是李小宏。

似乎，在花小枝被她的新郎背出房间的那一刻，我才略微地有一丝冲动：我是不是该抢个婚？

或许如果没有李小宏刻意强调，我心中并不敢燃起这样的想法。我突然想起了一首歌，叫作《后来》，它是这么唱的：你该如何回忆我，带着笑或是很沉默，这些年来，有没有人能让你不寂寞。

我想从现在开始，会有人让花小枝不再寂寞。可是我呢？为什么花小枝在完成自己的终身大事的时候，不来帮帮我呢？

花小枝呀，你怎么那么自私。分手的时候，只一通电话；临到你结婚，还是只一通电话。我呀，甚至连选择的权利都没有。

"啪！"我耳边响起了一声响指声。

"该走了，吃饭去。"

"上哪儿吃？"

"酒店啊！"

"妈的新房都还没进，茶都没敬，谁给你上菜？"

"'毛'的新房，人新房在北京，现在不就是酒店开个房间当新房嘛。"

我们一边看着花小枝的父母把花小枝送进婚车里，一边听着谢小希和李小宏两人拌嘴。花小枝和她妈妈哭得稀里哗啦，我还记得小时候花小枝的妈妈跟我妈妈聊天，说要是我长大娶了花小枝，她指不定哭得多伤心。

我以为花小枝的妈妈嫌我不够好，其实我妈当时也是这么以为的，我记得我妈还挺生气。可那时候我才10岁，上小学四年级，还在尿床。

花小枝的妈妈和花小枝隔着车门，抱头痛哭。新郎和花小枝的爸爸也抱着，但是花小枝他爸没哭。不哭这么抱着看着又挺尴尬，总之整个氛围比较微妙。可是花小枝她妈怎么劝也劝不住。

"你说，"李小宏拍了拍我肩膀，"这婚还结不结得了啊？"

"结得了。"我说。

"这都哭半天了。"

"废话，嫁姑娘啊！"

"有点耐心行吗？到时候你娶卢小菲，她们母女俩能哭一通宵你信吗？"周小昱看着李小宏，眼里满是担心。谢小希也凑了张大脸过去，满怀担忧地看着李小宏。

"一边儿去，"李小宏摆手让他俩走开，"这梗别老说了，我跟卢小菲没戏的。"

"今天是喜庆日子，不说那不吉利的话。"我接茬儿。

"对，今天你得好好看看，学习学习经验，将来到你了好操作。"

"嗬，跟卢小菲结婚还用得着他担心？咱们自求多福好吧？"

"别说了！"

李小宏突然吼了一声，始料未及。

"……"

"他俩真没戏了？"谢小希凑到我耳边悄悄问我。

"我哪知道，你看看今天我都还给花小枝老公当伴郎，世事难料。"

"你这没什么难料的，你就是自己作。"周小昱点了支烟，转头塞进了李小宏的嘴里，对他说，"妈的，本事不见长，脾气越来越大。"

那时我看见李小宏的眼里噙着泪水，我乐观地想象，或许他的眼泪代表着憧憬与卢小菲的婚礼中那些因为卢小菲"事儿妈"而伴随的痛苦。关于李小宏和卢小菲的故事，大致能写一本书，儿童读物。但是关于李小宏的家长和卢小菲的家长的故事，大致能写一厚本书，莎士比亚式戏剧。

在李小宏的泪水中，花小枝和她妈终于要哭完了。婚车的队伍重新上路，还是那条我们小时候一起结伴行走的路。和来时不同的是，李小宏被周小昱赶到了我的车上。李小宏的眼睛微红，我对他说："我都没哭，真不知道你在哭什么。"他说："我在哭我兄弟居然不会哭。""你结婚的时候我会哭的。"我说。他说："开车吧，不然吃饭都赶不上热的。"

"好。"

晚　宴

　　花小枝在酒店的房间里，坐在梳妆台前，开始往头上插乱七八糟的饰品。她歪着头，取下了刚插上的一根簪子。

　　"喏，送给你们四个。"花小枝依然面对着镜子，像是自说自话。

　　我们四个人，西装领带，人模狗样地并排站着。原本是来负荆请罪，结果主子或许是心情好，打赏了。

　　结果那仨齐刷刷往后退了一步，剩我一个人站在前面。我听见谢小希低声地说："这不是毕业那年一起去丽江小川你给她买的吗？"

　　"那都多少年前的老皇历了，你怎么记那么清楚？"

　　"废话，你借我钱买的。"

　　"那也不至于记那么久啊！"

　　"废话，钱你还没还我。"

　　这时候花小枝终于转过身来，她递出手里的簪子，对我说："你是代表吧，过来拿。"

　　"我们四个人，你这就一个，咱不拿，免得待会儿打起来，伤和气。"还是周小昱江湖经验深。

"对对，我们不能拿。"我附和道。

"那你过来。"说完，花小枝又转回身去，两只手握着那根簪子放在腿上，不见有其他的动作。花小枝的语气就像电视剧里的后宫娘娘，那自然，我只能是太监小川子。

"撤……"

我还未有所动作，周小昱带头，我背后那三个人全部猫腰出了房间。五大三粗一个个跟做贼一样。

在花小枝大婚之日的下午三点十五分，我作为伴郎，和新娘独处在酒店的一个房间里。当时我脑海里闪过唯一的念头是：这或许将是我和花小枝独处的最后一分钟？五分钟？

那时花小枝低着头，头发乱蓬蓬的像刚睡醒一样。

"这是你送我的，你记得吧？"花小枝还是开口了。

"记得，借希哥的钱买的。"

"那天你跟希哥借钱的样子真的很可爱，感觉就是昨天的事。"

"是啊！没想到你今天就嫁别人了。"

花小枝抬起头来，看着镜子里的我和我们，她说："那是因为你不娶我呀！"

"我又不是什么好人。"

"是啊！你就是对我太坏了。"

"现在道歉还来得及吗？"

"那要看看你给我包了多大的红包了。"

"大着呢，这一年在上海挣的钱全在里面。"听我说完，花小枝笑了起来，笑得肩膀都在抖动，她又歪起了脑袋，还是看着镜子里的我，她说："那回上海的路费还有吗？"

"没啦，到时候让希哥开他那破吉普送我回去。"

"别坐希哥的，"花小枝摇摇头，她说，"让大哥送你。"

"为什么呀？"

"大哥的警车不收过路费。"

"走高速多没意思，还是让希哥拉我走小道，风景好。"

"人家希哥欠你啊？"

"他一天闲着也没个正经事儿，当结伴旅游。"

花小枝不再接我的话，她起身拉上了窗帘，晌午间的细雨就被锁在了窗外。花小枝赤脚踩在房间的地毯上，一点儿声音也没有。

很奇怪的是，这种时候，我就特别想唱歌。那时我脑海里响起的旋律是一首民谣，叫作《米店》：

三月的烟雨飘摇的南方
你坐在你空空的米店
你一手拿着苹果一手拿着命运
寻找你自己的香
窗外的人们匆匆忙忙
把眼光丢在潮湿的路上
你的舞步划过空空的房间
时光就变成了烟
爱人你可感到明天已经来临
码头上停着我们的船
我会洗干净头发爬上桅杆
撑起我们葡萄枝嫩叶般的家

"《米店》还记得吗？"我问花小枝。

花小枝还在认真地踩着地毯，左脚脚跟磕在右脚的指尖，平举着双手，像是在过一条独木桥。她做了一个往下跳的动作，还微微倾斜了身子，假装奋力地摆正。

"记得的。"

"喜欢吗？"

"不喜欢，"花小枝说，"北京基本不下雨。"

"可惜了。"

"是呀。"

花小枝跳回了她的平衡木上，又一步一个脚掌地走着，时而转过身，裙摆就在房间里轻轻拂过，那根簪子一直握在花小枝的手里，簪花的吊坠从她的指缝间滑下，在空中不停地摇摆。

"还记得这簪子多少钱吗？"我问她。

"66 块钱，不过我觉得你买贵了。"

"嗯，待会儿我得把钱还给希哥，不然他不拉我回上海。"

花小枝扑哧笑了："你怎么那么鸡贼。"

我正想说些什么，房间门突然被用力地推开。

"出事了！"卢小菲用她标志性的嗓音嗷嗷，手脚并用地在门口比画，也不知道她想表达什么。

"怎么了？"花小枝还是在地毯上那么慢慢走着，就好像这不是她的婚礼一样。

"你要放的那首我忘带了，你是放在哪儿的？"

"那辛苦去我家里一趟吧，在我书桌左边最下面一个抽屉里有一个 U 盘，把它拿过来，那里面有。"

"什么歌，还得拿 U 盘？"我问道。

卢小菲正欲开口回答我，花小枝突然停下她的脚步，说道："《米店》。"

我看着花小枝，她那时低着头，看着自己的脚掌，恍惚间我看见她的嘴角带着笑意，垂下的头发蓬乱地遮住了她的侧脸。"小菲，快去吧！"

她说。

花小枝抬起了头，笑靥如花地望着我，眼睛眯成了一道弯月，眼中似乎带着一丝丝戏谑。

"想不到吧？"我想她那时心里在这般问我。

我叫住了卢小菲："别去了，我手机里有，希哥车上有数据线。"

"那我先去找小希，你赶紧下来，在宴会厅等我。"说完，卢小菲像个百米运动员一样，冲出了房间。

"卢小菲这样能嫁出去吗？"我苦笑。

"嫁得出去的，等小宏读完书就嫁。"说着，花小枝走到我身后，把我推出了房间。

等我到宴会厅的时候，卢小菲已经拉着谢小希在那儿等着了。

"花小枝要在她婚礼上放《米店》啊？"谢小希问我。

"是啊！《米店》。"

"哪版的？张玮玮？李志还是衣湿？"

"我手机里这版。"

"怎么不放李志那版，多带劲。"

"×，好歹是婚礼啊！李志那破嗓子能听吗？"

"你俩别磨叽了，赶紧拷歌。"卢小菲说着推了谢小希一把。

"好歹是个四星半的酒店，连个网都上不了吗？还得拷，这也太复古了。"谢小希插着数据线，念念有词。

歌曲传完，谢小希让工作人员试放。

"三月的烟雨飘摇的南方，你坐在你空空的米店……"

那首《米店》还在放着，宴会厅里突然静了下来，工作人员们眼神里带着诧异，或许在他们的职业生涯里，从来没见过有人在婚礼上放这么要死不活的歌。

卢小菲眼里也带着诧异，她说："这歌怎么这么难听。"

谢小希眼里则带着惊恐，他对我说："小川，这个该不是你唱的吧？你这破嗓子，还好意思说李志呢？"

"停吧，没问题。"

我没有回答谢小希的话，让工作人员把歌掐掉了。我正拉着谢小希出去，卢小菲把我俩拦了下来，一脸"你俩是不是在使坏"的表情。

"小枝说的真是这首歌？"她问我。

"是的。"

"我不信。"

"那你去问她吧。"

"你拿着手机，咱俩一起上去。"

"我就不上去了，耽误她化妆。"

"那你把手机给我，我拿上去。"

"那我用什么？"

"马上就给你还回来。"说着卢小菲一把抢过我的手机，朝着电梯飞奔而去。

"小川，你说卢小菲这样能嫁出去吗？"谢小希看着卢小菲的背影，挠头问我。

"嫁得出去的，等小宏念完书就嫁。对了，小宏他俩现在在哪儿？"

"我车上斗地主。"

"两个人怎么斗？"

"废话，我们仨斗着呢，卢小菲把我给拽过来的啊！"谢小希望着在电梯门口狂按按钮的卢小菲，恨得牙痒痒，"我手气正好呢，×！"

"打个电话叫他俩过来帮忙吧，时间也差不多了。"

那天婚礼的现场布置得很漂亮，用李小宏的话来说：这不就是卢小菲梦想中的婚礼吗？看来花小枝这个撒手干部当得很彻底，这个婚礼很"菲"式。如果真如李小宏所说，今天的现场布置就是卢小菲日思夜想的梦幻场景，我还真想看看等到卢小菲结婚的时候，现场会"菲"成什么样。

"压力大吗？"周小昱指着满厅挂着的鲜花、饰品和条幅问李小宏。

李小宏拍了拍我的肩膀："今晚压力大的是这位老兄。"话音未落，周小昱轻声喊了一声："我×。"

"这大婚礼的就别说脏话了，你看我今天一句脏话没有……我×。"李小宏看着宴会厅入口的方向，食言了。

侧对着门口的我并不知道周小昱和李小宏究竟看见了什么，我还在想：花小枝这么快就出来了？却看见谢小希已经起身离开，朝厕所的方向走去。

"什么情况？"

"裘小星来了。"

裘小星是要来的，毕竟我们这一帮子人都是多年前的老同学。但遗憾的是，裘小星是挽着她老公的手一起来的。又很不巧的是，她老公也是我们的老同学。

"来来来，坐这儿。"李小宏冲着裘小星他俩招呼，张罗他们坐过来。

对于李小宏这样的举动，我和周小昱这次没有任何的异议，毕竟，桌卡都是摆好了的。

"你家卢小菲千算万算,怎么就把希哥和裘小星这关系算漏了呢？"我实在没忍住，问了李小宏。

"我哪儿知道。"李小宏情绪挺激动，就这五个完全没有爆破音的字，愣是差点喷我一脸口水。"不过你看看，另外那几桌不是叔叔伯伯辈的，就是哥哥姐姐辈的，那还剩一桌哥哥姐姐辈的小屁孩，还能怎么安排？"李小宏摊了摊手，又说道，"不过希哥和裘小星那破事都过去多少年了，还记着呢？"

"废话，六年前我借他六十六块钱买根簪子他都记到现在，你以为呢！"

"谁去把小希找回来！还有啊，待会儿小希要喝酒你们都拦着点啊！他要喝醉了撒酒疯只有我车里那警棍好使。"周小昱很头疼，因为谢小希酒量不怎么样。

我们谁也没去找谢小希，确切地说，我们谁也不敢去找他。直到宴会厅里的灯光暗了下来，婚礼正式开始，谢小希才回到座位上。

音乐，开始响起。

《米店》前奏里淅淅沥沥的雨声，开始响起。

那是和手机里的不一样的版本，张玮玮的原版。

我瞥见坐在我旁边的谢小希瞪大了双眼看着我，只有他知道发生了什么。

"这么说，下午你真是故意的？"谢小希问我。

"没有，是花小枝换掉了。"

没有人发现谢小希脸上的困惑，因为所有人都很困惑，包括挽着花小枝的手臂正走在红毯上的花小枝的父亲。

但，真真切切的，花小枝确实在这首民谣的歌声里走进了她婚礼的殿堂。

"花小枝就是花小枝，真敢，你看看那几桌七大姑八大姨，脸都绿了。"李小宏居然轻轻地为花小枝鼓起了掌。

我望着花小枝的背影，她真的很美，美得让人舍不得。但，最终，花小枝还是走上了礼台，《米店》的歌声也戛然而止。

"各位来宾，欢迎来到，这个，花小枝女生和，那个……"

"孔小荣！"卢小菲在礼台边急得都快跳了起来。

"不好意思，两位新人都太，那个，光彩照人了，害得我都有些紧张……"

"卢小菲这都是上哪儿找来的司仪？"周小昱一脸嫌弃，顺手又拍了李小宏脑袋一巴掌。

这时，谢小希突然掐住我的大腿："小川，再不做点什么，可就真来不及了。"

"我能做什么，就等着上菜吃饭。"我对谢小希说。谢小希掐住我大腿的手仍然没有松开的意思，他叹了口气："兄弟，千万别像我一样，遗憾一辈子。"

"我可没你胆子这么大，"说着我举起酒杯，"但你是真汉子，来，咱俩先干一杯。"

我和谢小希正准备碰杯，李小宏伸过手来抢走了我俩手里的酒杯："凭什么你俩喝啊！希哥下午斗地主赢我们那么多，大哥咱俩输钱的喝。"

"小宏下午输了多少啊？"裘小星突然问了一句。李小宏愣了两秒钟，说道："也没多少，就几十块钱。"

"那小昱呢？"裘小星又问了一句。

答还是不答，这是一个问题。答了，裘小星要不接着问谢小希，尴尬；可裘小星要真问了谢小希，谢小希答还是不答，更尴尬。

答。

"好几百呢！"周小昱说着指着李小宏，"宏哥你他妈就是好面子，输了好几张红彤彤的'毛爷爷'，几十块钱？敢跟小星说实话吗？"

"哎呀，就我一个人没工作，打个斗地主输七八百，我妈听见了不揍我啊？"

"研究生不是有工资的吗？"我问道。

"一个月就两三百，大头都在导师那儿。"

我们三个人一搅和，裘小星也不再说话了。这时候婚礼也进行到了高潮，谢小希起身，说："我出去抽支烟。"

没有人拦他。因为礼台上的一对新人开始交换戒指了。

谢小希就是没能在这个时候阻止裘小星在她手指上戴上那枚戒

指的。

我举起酒杯，挡在眼前，我不想看见花小枝的手。我瞥见一旁的裘小星在看着我，于是我扭过头去，看见了她脸上微妙的神情。

"请新郎为新娘戴上象征不朽爱情的钻戒！"司仪这句话倒是说得顺溜。

当司仪的话音落下时，裘小星对着我举起了她的手掌，又一根手指一根手指地收回。

"5。"

"4。"

"3。"

"2。"

"1。"

她在为我倒数。

妈的，被抢过婚的女人就是不一样。

"慢着！"

我站起身："先停下！"

花小枝伸出的手还悬在半空。

司仪看看我，又看看花小枝，最后看向礼台旁的卢小菲。

卢小菲第一时间以百米冲刺的姿态朝我奔袭过来。

李小宏却一把将她抱住。

司仪将放下的话筒举回嘴边。

花小枝却按住了他的手。

裘小星笑了。

裘小星却又哭了。

其实在那时，我也不知道自己到底想要干什么。我只是想，花小枝你停下来，你必须停下来，我还没有想清楚，你不能戴上那枚戒指。

其实那时，我的脑子里已经一片空白。我极力想控制并且避免发生的事情，终究还是发生了。花小枝呀花小枝，你明知道我会这样，你还是邀我来了，就像你明知道如今我们会变成这样，当初你还是叫我走了。

在一片恍惚之中，我发现花小枝盘着的头发里插着那根66元买下却又被她嫌贵的簪子。她的头上，也只有那一根簪子。

可是那首《米店》你又为什么要换掉呢？你书桌左边最下面抽屉里的U盘，那里面不就是我手机里的《米店》吗？你为我伴奏，我为你唱的歌。你说以后你也要在烟雨飘摇的南方小镇开你的杂货店，给它取名叫米店。

夜

1992 年，我们一群人陆陆续续在同一家医院里降生。然后上同一所幼儿园，接着上同一所小学，再到同一所高中。终于在来到这个世界的第 24 个年头，重新聚在了一起。

"来，为我们的友谊干杯！"周小昱举起酒杯，在微风细雨的半夜振臂高喊。

那是花小枝婚礼结束后的午夜，我们在儿时经常挖土捏泥巴的山顶上，而我们要干的，是旺仔牛奶。

孔子曰：旺仔牛奶与玉溪同喝，有黑咖啡味。

甜的牛奶和苦的烟叶混合出来，是苦的咖啡。我想着其中蕴含着十分深刻的人生道理，一时半会儿，我是无法参透的，也可能是我的化学没有学好。在这方面，李小宏是专家，毕竟，化学专业的博士可不是白念的。

而此时这位化学专业的博士生，正在半山腰，背着卢小菲一步一步往上爬。我想他心里应该在唱周杰伦的《蜗牛》，"重重的壳裹着轻轻的仰望，我要一步一步往上爬……"

如我所说，我真的很喜欢在一些莫名其妙的时刻唱起歌。

谢小希喝多了，躺在草皮上数星星。我不知道是不是这两年我的视力有所下降，总之在黑云散漫的天空里，我一颗星星也没有看见。

是的，我们并没有拦住谢小希喝酒，因为裘小星和她的老公早早就离开了那场喜宴，在花小枝和她的新婚丈夫来我们这一桌敬过酒之后。

是的，花小枝还是结婚了。

"妈的，这东西怎么这么沉。"周小昱冲着山脚下的李小宏大喊，"李小宏你他妈快点，背头猪也该到了。"

"你才是猪！"卢小菲的声音极具穿透力，稀稀疏疏的几棵树上似乎惊起了几只睡着的鸟儿。

"卢小菲脑子是不是有泡？"周小昱转过头问我。

"不是。"我盘坐在地上，仰头看着周小昱手里的旺仔牛奶，"我说，你能先把手放下来吗？举这么半天不累啊？"

周小昱猛地把手又抬高了几寸，衬衣里的赘肉又露出来二两，他说："这是奥运的火炬，要传去巴西的。"

"……"

"李小宏你他妈赶紧！再不来火炬该灭了！"周小昱又冲着山下大喊。

山下传来李小宏微弱的气息："周小昱你他妈有病啊！"

"他就是有病！奥运会选他当火炬手？"卢小菲朝李小宏喊，这个分贝，我很担心李小宏的耳膜。

"什么跟什么啊！你会不会抓重点？"李小宏微弱的气息又传来。

"我怎么不会抓重点了？你来说说重点是什么？"

"重点啊！重点是奥运火炬根本不会灭，那都是特制的，你以为烧根火柴就能当火炬啊？"

"你敢凶我？"

"我没有，在跟你说科学知识嘛！"

"那奥运火炬都是怎么做的？"

"这个就比较复杂了，航天系统的燃烧系统……"李小宏真就开始讲起了奥运火炬的构造和材料。我想这就是化学专业博士生的优势吧。

"听见没，人化学博士说了，这玩意儿不会灭，你能不能先放下？"我对周小昱说。

"可以。"说着周小昱把他的"火炬"放在嘴边喝了一口，放下了。

这时候，谢小希突然坐了起来，对我和周小昱说："你们有没有发现，李小宏和卢小菲的声音一直没有变近，李小宏说话都不带喘的。"

"不可能，我看着呢。"我往山坡一块凸起的地方一指，"喏，他俩在那儿呢！爬半天了。"

"你这两年眼睛是不是坏了？"谢小希问我。

"怎么了？"

"那不是刚才上山捡石头堆的吗？"

"不可能，我们有病啊！堆个破石堆。"

"不是我们，是你。"

"……"

到底我是为什么要堆那个破石堆，我也不知道。据说当时我以卢小菲的姿势第一个冲上了山坡，等谢小希他们赶上来的时候，石堆已经被我堆好了。我一时语塞不知道说什么好。

"希哥你星星数好了吗？几颗啊？"周小昱说话了。

"我没数星星。"

"那难不成，你在数云？"

"我在数月亮。"

"……"

这下，轮到周小昱语塞了。

与此同时，我脑子里又开始放起了歌。"不要问我星星有几颗，我会告诉你很多很多……"

当然，也不要问希哥月亮有几个，他会告诉你他得数数。

喝大了，全都喝大了。

李小宏和卢小菲不知道在山腰上哪个位置躺着聊奥运火炬，周小昱双手捧着旺仔牛奶还是生怕它灭了，谢小希嘴里念念有词："今晚月亮怎么这么多……"

我想我是唯一正常的，可是看着山腰那堆石头，似乎这也不太成立。

迷迷糊糊之中，我记得在我终于忍不住闭上眼之前，周小昱说了一声让我守夜。我心想今天又不是办丧事，哪里有守夜这么一说。放松下来，我也就睡了过去。

睡梦里我又回到了花小枝的婚礼，回到了脑袋空白的那一刻。

"王小川，你到底想干什么！"周小昱在我身后低吼。

"起都起来了，不抢婚是不是有点太尴尬了？"我没回头，问周小昱。

"你在开玩笑吗？"

"我没想抢婚的。"

"那你喊什么？！"

"我就是单纯地想让他们停下来。"

"你有病啊？！"

"是有点毛病，窦性心律不齐，前几天体检的时候查出来的。"

"你们还要聊到什么时候？！"裘小星略有激动，看她的动作，似乎是想要翻桌爬过来。

不聊了。

"司仪老师，您今天太紧张了，交换戒指这么重要的环节，不能出任何差错，我是新娘十几年的老同学，这个环节让我来，行吗？"我说。

花小枝直接拿过司仪手里的话筒，她说："你上来。"花小枝的声音里听不出什么语气，淡淡的，就像那首《米店》的旋律一样。

于是我在所有宾客的注目之下，走上了礼台。我瞥见花小枝的爸妈脸色已经成了猪肝色，新郎官的两个朋友已经在撸袖子，估计是准备着如果我有异动，就要出手将我拿下。而我最佩服的，还是新郎。那位叫孔小荣的新郎，脸上挂着笑意，虽然我分不清是强装还是真心，但扪心自问，无论是二者其一，我都做不到。

"孔小荣同学，请你看着眼前的新娘。"

"如果下一秒就是世界末日，你是否仍然愿意与花小枝结为夫妻？"

"愿意。"

"如果法律规定只允许同性结婚，你是否仍然不惧法律与花小枝结为夫妻？"

"愿意。"

"如果王小川同学要抢婚，你是否愿意胖揍他一顿然后与花小枝结为夫妻？"

"愿意。"

"请为新娘戴上象征永恒的钻戒。"

"花小枝同学，我不想跟你废话了，我饿了，赶紧说'愿意'。"

"愿意。"

"请为新郎戴上象征不朽的戒指。"

"请大家为这对幸福的新人送上最真心的祝福！"

接下来的事情，一如所有的婚礼。

我回到座位上，我们这一桌的人，脸上都很迷茫。

"小川，你这是，行为艺术？"周小昱问我。

"这他妈是大爱。"李小宏说。

"王小川你有病啊？！"卢小菲骂。

"我错过了什么？"谢小希刚回来。

"你错过了一场非典型性抢婚闹剧。"李小宏给谢小希解释。

"什么意思？"

"很难形容，跟你那次……"在李小宏铸成大错之前，卢小菲及时堵住了他的嘴，用的方式，是吻。

这一切令人猝不及防。李小宏含含糊糊想说些什么，卢小菲就是不松嘴，直到裘小星和她老公暂时离座。

"我妈在呢！"这是李小宏挣开卢小菲时说的第一句话。

"裘小星他俩走了？"这是第二句。

卢小菲附在李小宏耳边，轻声对他说了些什么。

"走一个。"希哥举杯，邀大家喝酒。

"喝，喝完赶紧吃菜，我是真饿。"我说。

"你怎么就真的这么没心没肺？"周小昱端起的酒杯又放下，脸上的肉都挤作了一团。

"我是乐天派。"

"不，"卢小菲反驳我说，"花小枝说你是傻×。"

"女孩子家家，小菲你怎么这么粗鲁。"

"这是小枝的原话。"

"就算是花小枝的原话，这两个字说出来总归是粗鲁的。"我喝了一口酒，菜也不再想吃了。我极力地想避免一场闹剧，可最终，不可避免的，终究还是发生了一场闹剧。不过好在丢人的只是我。与谢小希不同的是，我们的不甘心演化成了不同的形式，他更加粗暴。而与谢小希又有所相同的是，我们心中的不甘永远得不到释放，或许只有时间能够消弭这一切。而在那个时间节点到来之前，或愤怒，或强颜，或疯癫。

"希哥，咱俩喝一杯。"我递给谢小希一杯酒。

"不够满，我加上。"谢小希的酒量真的不大。

"加我一个。"周小昱说。

"也加我一个。"李小宏也举起了酒杯。

"不带你。"我们三人异口同声。

"……"

三杯两盏下肚之后,谢小希第一个不行了,跟个猴似的蹲在椅子上,两只眼睛恶狠狠地盯着裘小星。根据我们几个人多年的经验,面对这样的希哥,必须确保在他的方圆五米之内没有能够抄上手的家伙,特别是空酒瓶。关于酒瓶这种兵器的运用,希哥是国家级武器专家的级别,如果存在类似酒瓶实战运用研讨会之类的大会,希哥一定是受邀在列的座上宾。

还好在这样关键的时刻,花小枝和她的新婚丈夫来到了我们这一桌敬酒。从花小枝望向丈夫的眼神中我能够感受到,我确信自己做了一件正确的事,因为那样的眼神我曾经感受过。而如花小枝的眼神传递出的感情同样真挚的,是希哥眼里阴郁的恨意,或者,我们也可称之为爱意。

总之,无论是何种的感情,那样的眼神,都是这般的真切而真实。

"老同学们,我和小荣敬大家一杯。"花小枝轻轻举杯,对我们说。

"谢谢大家,特别是小川。"新郎官也说话了,顺带捎上了我。

"哈哈,你这么说小菲可要生气了,为了你和花小枝的婚礼,小菲前前后后可忙坏了。"我说。

"那是,我提议,咱先敬小菲一个!"周小昱起哄道。

"你们啊,就是想灌小菲喝酒。"花小枝看得很明白。

"这锅我们不背,宏哥,你替小菲把这杯喝了,怎么样。"周小昱问道。

"哇……"

李小宏吐了。

然后此前难得矜持的卢小菲怒了,抬起酒杯连干三杯,杯杯见底。

"果然豪爽,小菲三杯先干为敬,接下来就看新郎官的了。"周小昱的话真是一套一套的。

"就你们坏，让小宏送小菲去房间休息吧。"花小枝说。

一直没有说话的希哥突然幽幽地说了一句："花小枝你更坏。"

当然了，究竟谁好谁坏，谁肚子里有几个小心眼儿，已经不重要了，重要的是，李小宏已经走不动道了，连"你别动我走个直道给你看看"这样的道儿都走不动了。

李小宏和卢小菲两个人相互枕着脑袋，昏昏沉沉。

"他们两个睡他们两个的，咱们换个主题，除了祝花小枝新婚愉快，再祝李小宏和卢小菲早日成事。"我握着酒杯，狠狠地敲着桌角，菜碟被震得上下颤抖，我也不知道为什么要使这么大的力气。

众人举杯，烈酒下肚。

敬完我们这桌，花小枝走向了下一桌，这时裘小星起身说："各位，我们还有事，先走了，大家有空再聚。"

"唉，那好吧，再聚啊！"周小昱早就想裘小星走。

"嗯，那小希，我们走了。"裘小星终于还是跟谢小希说话了。

"砰！"

谢小希连人带手里的酒瓶一起翻身摔下了椅子。

"妈的，叫你别老跟个猴一样蹲着，蹲椅子，你咋个不蹲树上？"在谢小希身边的周小昱一边骂一边把谢小希扶了起来。

"没什么事，喝多了，小星你们有事就先走吧，别耽误了。"周小昱对一脸欲言又止的裘小星说道。

"嗯，那我们走了。"

"再见。"

见裘小星和她老公走出了宴会厅，周小昱拿自己的酒杯敲了敲谢小希怀里抱着的酒瓶："差不多得了哈，人走了。"

听见周小昱这么一说，"装的啊？"我问道。

"奥斯卡小金人不知道拿多少次了，我和他在宵夜摊碰见裘小星不下十次，每一次都是这一招儿，关键他妈的每一次都这么逼真，专业。"周小昱噼里啪啦数落了谢小希一通。

"我们公司正缺这种没受过正经训练，但是有悟性的青年才俊，希哥有兴趣试试不？"

"没兴趣，上海那种地方没意思。"谢小希回答我道。

"对，裘小星又不在上海，没劲儿。"周小昱补充道。

谢小希没有接话，他起身，走到小孩儿那桌，把白酒拿了过来，拧开瓶盖，用钥匙把瓶口的塑料塞撬开，开始吹白酒。当时的场面非常震撼，我和周小昱同时扑过去抢希哥手里的酒瓶，希哥却身手矫健地跳上桌面，一只脚正踩在没有吃完的蛋羹上，滑了。

眼见希哥就要重重摔下来，我醒了。

醒来时我躺在周小昱极富弹性的肚子上，谢小希则滚到了几米开外的地方，李小宏和卢小菲仍然不见踪影。远处的天际红日正在升起，天空泛白，一切是如此清爽。我揉搓着肿胀的双眼，看见一人从山腰走来。

伴着朝霞，伴着浮云，伴着我眼里仍未化开的蒙眬，那人从山腰走来。

对了，忘说了，这时候我脑海里的旋律是：

请允许我尘埃落定
用沉默埋葬了过去
满身风雨我从海上来
才隐居在这沙漠里

朝霞总是消散得很快，晨间的凉爽美好却短暂。那人的身影逐渐清晰，在我眼前。

"你来了？"我说。

"是啊，来看看你们。"

"上来的时候看见李小宏和卢小菲了吗？"我问。

"看见了，在那石堆下面躺着。"

"他俩穿衣服的吧？"我问。

没有回答。

"希哥昨晚怎么样？"她问。

"没事儿，都是成年人。"

"待会儿把小宏叫醒，让他早点把小菲送回家吧。"她说。

"明白。"

"大哥肚皮怎么敞开的，该着凉了。"她说。

"皮糙肉厚的，没事儿。"

"你呢？"她问。

"我怎么？"

"现在头疼吗？"

"有点儿。"

"昨晚喝多了吧？"

"其实没喝多少。"

"那是夜里着凉了。"

"也不是。"

"那是怎么回事？"

"有个问题没想明白，所以脑袋疼。"

"什么问题？"

"你酒量什么时候变这么大的，昨晚挨桌敬，现在还这么精神。"

"傻 ×。"

"别骂人啊！到底是为什么呢？"

"因为你蠢。"

"这我知道，所以问你嘛，这叫不耻下问。"

"那我告诉你，你能不能答应我三件事。"

"哪三件事？"

"没想好，想好告诉你。"

"靠，你以为我张无忌啊！"

"不答应算了。"

"……好吧，答应，但是有约束条件，就是小说里那一套。"

"好。"

"那到底为什么酒量变这么大呢？"

"因为，我喝的，是白开水，不是酒。"

哎呀，王小川，你个傻×。

篇 二
云中谁寄锦书来

李小宏心里一直有一个秘密。

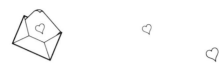

探　险

　　从我们记事起，那间破瓦房就一直在那里。

　　李小宏总是提议把门锁撬开进去看看，谢小希表示不同意。况且，那时我们还有着十分明确的是非观，溜门撬锁的事，我们是不会做的。再况且，那时我们还没有谁掌握了开锁的技术，即使已经看过了很多用一根小铁丝就能开保险柜的电影。

　　等到再过了几年，风吹雨淋加上年久失修，有一天我们发现那间破瓦房的门锁已经坏掉。李小宏又提议我们进去，谢小希还是不同意。我和周小昱对探索这间破屋子始终没有太大的兴趣。

　　在门锁坏掉没多久，终于有一天，李小宏找到了一个无法拒绝的破门而入的理由：那间屋子的那扇门，开了。或许是被风吹开，或许是野猫野狗进去了，又或许是别的人好奇打开了。总之，那扇破木门半掩着，李小宏很心动。那时我们的是非观已经变得渐渐模糊，不能闯空门不再足以成为反驳的理由。我和周小昱表示，反正都开了，那就进去。而始终对这间破屋怀有抵触情绪的谢小希，发挥了创造性思维，提出了反驳的理由，他表示，这门万一是从里面打开的呢？

说实话，当时的我被他的说法吓了一跳，汗毛全然立了起来。李小宏也变得面色凝重，显然，这个听起来并不合理的说法，说服力十足。

"大白天的怕什么！"十五岁的李小宏在破屋门前给我们做起了动员工作。

李小宏说完，天色开始出现了变化，乌云蔽日，隐约间，雨就要来了。

"要进你们进，我反正不进。"谢小希说着，就要走。

说话间，雨已经下了起来，迅雷不及掩耳，瓢泼大雨。

"进去躲雨吧。"周小昱开始动员谢小希，"这屋子空着那么多年，从我们上小学那会儿就没人，没什么可怕的。"

"对，说不定里面还有什么好东西呢？"李小宏附和道。

"我不是怕，我就是感觉里面会很难受。"谢小希还是不愿意进去。

"你们呢？"李小宏转而问道。

对于我来说，进不进去两可，但是考虑到今早我妈提醒我带伞出门，我看着大晴天不乐意带，跟我妈吵了一架，以一身落汤鸡的样子回家肯定挨念叨，所以我还是希望进去的。但是希哥那句"万一是从里面打开的"确实把我吓得够呛，搞得我又有些犹豫。

"妈的，进，我可不想淋一身雨，老子感冒才刚好。"周小昱大手一挥，先进去了。紧接着，李小宏也侧着身，从半掩着的门缝里滑了进去。看得出，他们并不想碰到那扇门。

谢小希始终很坚定。眼见雨一点儿也没有小下去的意思，我问他："真不进？"

"不进，我觉得里面肯定不干净。"谢小希抹了一把脸上的雨水，看得出，他很紧张。

谢小希的形容让我又一次汗毛直竖，这么破的瓦房，不干净是肯定的，但是谢小希说的不是那方面不干净，也是肯定的。那时我们时常会聚在谢小希家看些香港鬼片，什么借尸还魂、鬼打鬼、阴阳眼，还是有很多直观上的认识的。

"小希，你是不是看到什么了？"我开口问谢小希，语气略有颤抖。

谢小希不说话，雨越来越大，我已经看不清他脸上的表情。

"轰！"

雷声从屋顶炸开，就像一头怪兽在头顶咆哮。

谢小希一个没站稳，跌倒在了地上。我还没来得及扶起他，听见破屋里李小宏扯着嗓子尖叫，就像正在被割去宝贝又没有用麻药的太监。

等我冲进去，看见李小宏跪在地上的一个木箱子面前，仰天长啸。

"真的找到宝贝了！"

"×！"我实在无法理解李小宏的心理活动。

"叫小希进来吧，这里面没什么，全都是空的，除了这个箱子。"周小昱对我说。

"小希被刚才那声雷吓软了，你去扶他进来吧，说实话，我现在也有点软。"我说。

"×！"周小昱骂了一句，"你软什么？"

"小宏这傻 × 那声叫得我以为你们遇难了。"关于李小宏刚才的那一声惨叫，我在当时实在找不到恰当的词形容。

周小昱对我的话点头表示同意，出去扶谢小希。而李小宏则像个失心疯一样几乎环抱着眼前这个一米见方的木箱子，不停地狂笑。说实话，比之当时一声接一声的闷雷，他的笑声更令我恐惧。

我从他身后踹了他的后背一脚，他差点趴在箱子上。

"干什么呢！"李小宏猛然扭过头来，语气里带着杀气。

"这屋子不干净。"我想起了希哥在门外说的话。

我下意识地向后退了两步，却已到墙角。

"压坏这箱宝贝怎么办！"李小宏眼里似乎快要喷出火来。多年以后我看过一部电影，里面一个角色和一句台词能够完美匹配当时的李小宏——

格鲁半蹲着扭着身子，嘶哑地喊道："My precious！"

"小宏你先冷静。"我试图安抚他。

"我冷静不了，你看！"说着李小宏缓慢地打开了那个木箱，一如港片里翻最后一张扑克牌的周润发。

不知为何，在李小宏缓慢揭开木箱的过程中，我一直认为这个木箱里会出现一具婴儿大小的僵尸，穿着清朝的小长衫，额头上贴着黄底红字的符咒。

出于这样的恐惧，我跨前一步，然后纵身跳起，一脚踩在已经被李小宏开了一半的木箱盖子上。

"啊！"

李小宏发出了当天的第二声惨叫。

"怎么了？"周小昱终于把谢小希拖了进来，但是显然，谢小希听到这声惨叫后应该是后悔了。

"夹我手了！"李小宏当时打开箱子的时候，左手手掌是扶在箱沿上的。当时他的身体挡着，我并没有看见。李小宏用右手用力一抽，箱子彻底打开了。

箱子里面，全是信件，以及信件上的邮票。

作为一个收集烟盒的爱好者，我可以理解一个集邮爱好者在看到这箱贴满各种邮票的信件时的狂喜。但是据我所知，李小宏并不是一个集邮爱好者。

所以，我内心的惊恐仍然没有消失——这屋子不干净。而我相信当时谢小希和周小昱应当和我有同样的推断，但是谢小希的表情彻底松弛了下来，并且还对李小宏一脸的嫌弃。

"没出息。"周小昱则直截了当地对李小宏说了这么一句。

忙着将手伸出窗外的李小宏并没有对此有所回应，而我彻底的一头雾水了。看见箱子里厚厚的信件，我并不知道这箱信件对于李小宏意味着什么。

"小宏，"谢小希说，"还好卢小菲喜欢的是邮票，不是金子。"

李小宏使劲甩着他的手掌，想是疼得厉害。

"原来你喜欢卢小菲啊！"

"你才知道？"周小昱瞥了我一眼。

"没有！"李小宏顾不上受伤的疼，开始反驳，"我就是知道她喜欢收集邮票，这也只是叫助人为乐而已。"

关于卢小菲，我是有耳闻的。

隔壁班班花。记得多年之后看过一部叫《热血高校》的日本电影，花小枝如果是其中的人物，这部电影估计会很乏味。

从某种不太受人们理解的心理学角度而言，李小宏喜欢卢小菲，简直是天性使然。不过当时我最好奇的，还是周小昱和谢小希是如何知道李小宏喜欢卢小菲的。毕竟，我不想做一个神经不敏感的人，这一点让我神经很敏感。

据说某个周末谢小希在公园里碰见了李小宏和卢小菲，两人一人一个冰激凌，边走边聊边吃。据说那天在公园门口，李小宏给卢小菲买冰激凌时，被周小昱看见了。

据回想，那天我和花小枝也在那个公园，但是这么一件爆炸性的事件，我却没有碰见。

"那你们俩是怎么知道卢小菲喜欢邮票的？"我问周小昱和谢小希。

"那天给笔友寄信，正好卢小菲也在投信，她看见我邮票说好看，问我还有没有，想跟我换。"我已经记不得是哪个老师从哪里学来的创新教学方法，那时要求班里每个人都要找到一个笔友互相写信，据说那是增加交流能力，提高语文成绩的好办法。

我记得当时有一位同学找了一个国外的笔友，虽然写英文的信比较费劲，但是好几个月才需要写一次。我记得当时我的笔友是我自己，自己写自己回，好在我的字写得不错，仿造别人的笔迹算是轻车熟路。当然，由于这样的教学形式并没有对体现在纸面上的成绩有什么看得见的成效，最后也就不了了之了。

可是谢小希是为数不多坚持下来的人。

令人没想到的是，原来卢小菲也是。

不过当时我的重点并不在这里，我很想知道为什么谢小希那天也会在公园里。

"那天你怎么会在公园？"我直接问了谢小希，因为谢小希是一个"群居动物"，我们几个如果没有一起出门，他一定是会待在家里的。

"我忘了，反正就是看见小宏和卢小菲了。"

"你也有情况。"我一脸淫笑地看着谢小希。

"那你说你那天也在，你在干什么？"

"我找花小枝玩儿啊！"相比之下，我觉得我很坦然。

"我也是去玩儿。"谢小希说。

"不信！"我们三人异口同声。

这时雨突然停了，就像它毫无征兆地来一样。李小宏抱起箱子，准备出门。周小昱把他拦住："你要干什么？"

"回家啊！"李小宏一脸疑惑地看着我们。

"我觉得有必要商量一下这个箱子，到底能不能带走。"我说。

"不能带走。"谢小希说。

"能带走，"周小昱说，"但是也可以不带走。"

"那你不是说废话嘛！"李小宏刚放的箱子又举起，现在悬在半空又不知如何是好。

倘若在当时要我们为此举办一场像模像样的听证大会，以决定最终箱子是否能被我们带走，我想我们是可以一五一十地将事情讨论明白的。

可是下午五点的"四驱兄弟"就要开始，没有人想错过。

于是，我们只剩下了一个选择。

古老而神秘的仪式，将决定这个箱子最后的归属。

"剪刀石头布！"

"你怎么老是布！"

"不算，三局两胜。"

"一局不能定胜负。"

"李小宏你别跑！"

"……"

挺身而出代表这间破屋主人的谢小希以一局之差输给了李小宏，李小宏卷起箱子就跑回了家。

如果换作是我或者周小昱，三局两胜这种事情一定会在事先就约定好。不过三局两胜在同学之间一直是不成文的规定，倘若想要快速决胜，才会事先声明"一局定胜负"。不过面对李小宏这样狡诈的对手，我和周小昱也没有十足的把握。

很难想象，李小宏在多年以后会成为一位正儿八经的化学专业博士，并且深爱着一个小太妹。

不过无论如何，那个装满泛黄信件的箱子如愿被李小宏抱回了家。那间破屋究竟是属于谁的，在那时，我们之中并没有一个人去深究。其实问题的答案很简单，只要拆开箱子里的信封，一切就都有了答案。

但李小宏却又是一个异常有原则的人，箱子他抱回了家，邮票他一张一张从信封上泡水撕下，可是那些信呢，他一封也没有打开过。而最令人奇怪的是，没有一个信封上写有收件人的名字。

"好像恐怖片一样。"李小宏这么跟我们说道。

"打开看不就知道了。"我说。

"私自看别人信件是犯法的。"李小宏一本正经地说。

"你偷别人箱子，撕别人邮票难道是做公益？"谢小希似乎还对李小宏猜拳耍赖的事耿耿于怀。

"我到时候要还回去的。"李小宏说。

"邮票你都撕下来了怎么还？"周小昱问。其实我对这一点也非常好奇。

"我买了新的邮票贴上去了，这就不算偷，这叫以旧换新。"不得不佩服李小宏的头脑，要是投身汽车销售行业，一定大有作为。

"小宏，邮票的事我不太懂，但是别人的旧邮票收藏价值可是很高的，你的新邮票两毛钱一张，这不能叫以旧换新，只能叫巧取豪夺。"谢小希说道。

"那邮票的事你到底懂还是不懂啊，还巧取豪夺。"李小宏比较激动，换我我也会激动。毕竟，李小宏喜欢的人是卢小菲，一个让我校同龄人闻风丧胆的女人。如果没有花小枝的存在，卢小菲一定会在我市初中教育史上留下浓墨重彩的一笔。

当然，这些都是后话。

而随着年龄的增长，李小宏从那间破屋里抱走的箱子，以及那些信件和邮票，都几乎消失在我们的记忆里。

直到大学时卢小菲旅行来到上海，我才知道原来故事不只我们记忆中的那一丁点片段。

在我们都不知道的地方，李小宏与那间破屋又发生了其他的故事，而这个故事我无法将它归类，或是无法用一个准确而精炼的词语去概括。因为，那或许是我们每一个人内心深处都曾幻想过的奇妙旅程。

寄 信

　　其实从某些方面来说，李小宏是比谢小希更加难以捉摸的一个人。他在喜欢卢小菲这件事情上走得十分隐忍，隐忍到大学毕业，卢小菲也不知道李小宏喜欢他。

　　"我以为他有毛病。"这是卢小菲的原话。

　　当然，这句话要在特定的环境中去分析。卢小菲虽然叱咤风云，可总归是女孩，脸皮薄，李小宏不捅破，卢小菲也应该不会有所表现。不过值得佩服的是这两个人忍耐的能力。

　　但是正如我所说，李小宏是一个难以捉摸的人。李小宏对我们普法言道偷看别人信件犯法时信誓旦旦，可他早已把信件拆开了。

　　那是两封非常独特的信件。收件地址和其他的信件都不一样，显然，不是那间破屋的地址。可见李小宏确实每一封信都一一看过，并且撕掉了上面的邮票。

　　不论出于什么样的原因，李小宏打开了那封信，并且一字一句地读了下去。

　　这是第一封。

小均：

很久不见回信，不知你近况如何？

如上次信中所说，我已经转到了别的学校念书。

母亲的病情已有好转，勿念。

上次来信中你说起和小花的故事，我觉得很有趣。也许是缘分，在我新家附近的花坛里，也经常会出现一只小猫。我十分喜欢，只是不知该怎么亲近它，每次我想要去摸它，它总是会逃开。可以分享给我一些小小的诀窍吗？

盼回复。

小君

下面这一封信是第一封信寄出两个月后的又一封。

小均：

我的上一封信你收到了吗？

那只小猫和我亲近了，但是我希望它从来不要和我亲近。

我的母亲去世了。

你也很久没有回我的信了。

不知道这封信还会不会寄到你的手里，你是否会看见，是否会给我回信。

母亲走了，我要回家乡的学校了。

小君

信里的小君，远在几千公里之外的另一座城市。而小均，李小宏认识，是他妈班里的一个学生。小均患有白血病，李小宏的妈妈在学校为小均组织过捐款。不幸的是，小均在两个月以前，就已经离开人世了。

"小宏于是决定变成小均。"卢小菲这样对我说。

"你不觉得这种事情有些变态吗？"我问卢小菲。

"你不是女生，你不懂的。"这段对话发生时，卢小菲已经21岁了，语气却仍像个小女生一样。

"那你也应该不懂。"我开卢小菲的玩笑。显然，卢小菲被我激怒了，她说："别以为你不是李小宏我就不敢打你。"

那时我们正值21岁，大学三年级，一个精神比较疲软的时节，不如大一大二般全身鸡血、满言愤慨，对于这样的事情，我很平静。

卢小菲之所以与我发生了这段对话，全然是因为小君结婚了，嫁了家乡的一个男人。当时李小宏正好在我学校附近的县城里负责一项十分紧急的实验项目，脱不开身，于是让卢小菲替他去一趟。卢小菲是热衷这种事情的人，但是为了让卢小菲心甘情愿地去，李小宏也不得不将自己这七八年的事情和盘托出。不过向卢小菲和盘托出，也就等同于向全世界和盘托出。那时候微博和朋友圈还不如现在火爆，不然李小宏有潜力成为下一个"网红"。

说实话，如果我知道小均的实情，或许我也会拿起钢笔，写一封回信。不过我的回信内容很可能是：对不起，小均已经死了。周小昱也许也会回这封信，内容应该和我的差不多：小君你好，我是小均的朋友。非常对不起，小均已经在三个月前因为白血病去世了。他死前委托我向你说明他的情况，因为我个人的原因直到现在才给你解释，抱歉。周小昱会把事情解释得明明白白，我不知道这样是出于做人的原则还是为了避免解释不清导致小君再次来信的麻烦，总之，周小昱肯定会这么回。而谢小希呢，会假装完全没有看见过这封信，全然不知情的样子。

而李小宏的行为总是让我难以捉摸，我可以十分确信周小昱和谢小希的行动和行动内容，却没有办法预测李小宏的。当然，我差点忽略掉了一个至关重要的问题：信件的笔迹，该怎么模仿？关于这个，李小宏也有独特的解决方法。信件还是得手写的，那年代不说电子邮件，连QQ都没有特别普及，老老实实买邮票写信，是唯一的长途通信方式。那李小宏想要变成小均，总不能用他自己的笔迹，要么模仿，要么说出一个能够解释笔迹变化的完美理由。

模仿本来是李小宏最初的选择，可巧的是，李小宏和我们打篮球时，摔坏了右手胳膊，石膏绷带足足得绑3个月。

"正好左手写字，就这么定了。"

李小宏不愧是将来能念上博士的人，毅力普通人确实不能比。左手写字，就是这么肆无忌惮。多提一句，本来我并不相信这世界上有所谓一心二用的人，类似《射雕英雄传》里周伯通左右互搏这种功夫，应该是小说家幻想中的功夫。

但是见过李小宏左右开弓同时写一张卷子后，我开始相信金庸先生或许是见过真正的所谓世外高人的。

而李小宏歪歪斜斜的第一封通过左手书写的信件，是这样的：

小君：

　　没有回信是因为我的手断了。

　　我妈妈也去世了，我想我能理解你的心情。

　　你现在又回到哪里念书了呢？

小均

据卢小菲说，李小宏这一封信她是亲眼得见的，写得血肉模糊。

"第一眼我还以为是日语。"卢小菲形容得贴不贴切我已经无法考证，但是形容得还是比较容易想象的。

"但是小宏聪明啊！怕人家看不懂，每个字都标了拼音。"卢小菲对李小宏细节上的体贴推崇备至。

"我说呢，怎么给人回信写这么少。"

"你傻啊，假装手断了能写多吗？而且那个小均平时写信什么语气，谁都不知道，谁敢写多？"卢小菲跟我分析着，每说一个字她的脸就朝我靠近一点。

"你别那么激动，坐下好好说。"我说，"我这脑子哪有小宏的好用。"

"那是，小宏当年就是班里成绩最好的，要不是天天和你们三个混在一起，至于只考上海交大吗？"卢小菲说。

"这还不叫好？"我实在无法理解卢小菲关于好学校的定义，"小宏要再好，那只能哈佛、牛津了。"

"哼，小宏早晚会出国深造的。"卢小菲说得很坚定。

"是是是，我们几个就他脑子好用，能念书。"李小宏念书的能力倒是无法否认，不过转念一想，我问卢小菲，"他要出国念书了，你怎么办？"

听我问完，卢小菲愣了一下，我猜她是完全没有设想过这样的情景。不过两秒之后，她说："那还是让小宏申请哈佛算了，美国的旅游签好像比英国长很多。"

"你倒是会打算，不如你也好好学习，考去不好吗？"我问卢小菲。

"我自己几斤几两还是清楚的，你不用故意这么说。"卢小菲说这句话时倒是很平静。

"我的意思你没明白，我的意思是，小宏一旦去了国外，见识不一样了，视野不一样了，没准儿喜欢的东西也不一样了。"我说的其实都是肺腑之言，我班上的几个同学，或男或女，都被国外的女朋友或者男朋友搞得够呛。山盟海誓，待到四年后学成归来立马洞房花烛，结果半年不到，分手都不用见面，一个电话一条短信，说分就分，反正成千上万公里外的距离，再如何柔情也都会冰冷几分。

"你不用说了，现在小宏的见识就不一般了，出国后他会变得更好，至于我，他心里有我就可以，我盼他好，又不图他什么。"卢小菲总是这么赤裸裸。

说实话，我被卢小菲的奉献精神折服了。说到底，还是我不了解她，虽然是十几年的老同学，我却确实不了解她。在很多时候，我会突然觉得自己不了解认识了很多年的某一个人。

"那你够无私的，小宏那个木鱼脑袋，还真不一定能发觉你为他做了什么。"我说。

卢小菲苦笑了一下，她说："你说得对，但是小宏这样挺好，我希望他一直这样，想念书就安心念书，想搞科研就安心搞科研，想去笔友的婚礼却抽不开身，那我就替他去。"卢小菲越说越起劲。

"他要是想做爱了呢？"我故意问。

"那就……"卢小菲突然语塞了，半晌，她端起手边的咖啡杯又重重砸下来，"你损不损？！"

"我又不是第一天那么损，不过我是真的挺好奇的。"我说。

"不知道，小宏都不一定知道那种事情。"卢小菲的脸罕见地红了。

"你真当小宏智商 220，情商负 220 啊？"

"胡说！"

"你让他认个中国女明星，他顶多知道个王菲，但你要让他认日本的，啧啧，别提名字多长多拗口，全跟你报得清清楚楚。"我说得比较斩钉截铁，气势上比较逼真。

"那也是你们带坏的。"卢小菲还是不相信。

"这又不是坏事，总比什么都不知道强，对吧，那样还容易憋坏身体。"

"那你说小宏是不是已经……"卢小菲的面色很凝重。

"这个你放心，"说着我举起了左手，一如小学时戴红领巾进少年先锋队宣誓般认真，"小宏绝对还是那个，纯着呢。"

卢小菲突然看了一眼窗外，天色开始暗了下来，街上的行人也少了。卢小菲笑了，她说："你说的话啊，一个标点也信不得。"

"这样生活有乐趣。"我回答道。

"也许吧，小枝就喜欢你这样的。"卢小菲说。

"开玩笑，"我头发一甩，撩了撩脑门上的刘海，说道，"我这样的会有人不喜欢吗？"

"不要脸！"卢小菲啐了我一口，"我就不喜欢。"

"还好你不喜欢。"

"切，也不知道你这自恋是跟谁学的。"

"我爸，咱们区有名的老帅哥，听说好多同学的老妈当年跟我爹暧昧，你看我这基因多好。"

卢小菲脸上露出了难以置信的神情，她说："你不要脸就算了，还把不要脸升华到遗传上，祖传不要脸啊？"

"怎么说话呢？"我假装急了，"换个词，这叫祖传风流倜傥。"

"一个意思。"

"我知道，不过听起来好多了。"

"……"

确实，如卢小菲这般直性子的人，也许无法理解我的生活情趣。但是如我这般没心没肺的人，也无法理解卢小菲"闲人马大姐"的生活状态。不过我确信她是好人，有这一点就够了。

那天我和卢小菲又闲扯了一些其他的事情，最终到咖啡店快要打烊的时候，才又说回正题。正巧李小宏给卢小菲打来电话，那时咖啡店已只剩下我和卢小菲这一桌，我索性让卢小菲打开了免提。

"小菲你现在在哪儿？"李小宏问。

"和小川在一起。"卢小菲说。

"宏哥你说话原来这么温柔啊！"

"小川啊，你们现在在哪儿呢？"

"我和小菲在我学校旁边喝咖啡呢，怎么，来不？"我说完后，卢小菲瞪了我一眼，我完全无法理解。

"我倒是想来，项目太忙了。"

"领导忙，派秘书来就行了。"

"你说什么呢？"卢小菲不乐意了。

"那就总统忙，派第一夫人来就行了。"我看了卢小菲一眼，"这该行了吧？"

卢小菲又瞪了我一眼，拿过手机放在了耳边。我给卢小菲使个眼色，示意我出去抽烟。

我站在街头，看着生活了两年多的街道，突然感觉到十分的陌生，就如同今天我了解到李小宏并非我认知中的李小宏，而卢小菲也并非我认知中的卢小菲一样。我突然觉得这个世界让人感到莫名的不安分。我很想知道，当我深爱的某个人以某种我所不了解的状态出现在我面前时，我会是怎样的心境。

"嘿，想什么呢？"卢小菲突然从背后拍我的肩膀。

"没什么，等你俩说情话呢。"我说。

"没个正经，我和小宏又不是男女朋友。"卢小菲说。

当卢小菲说完这句话时，那种陌生的感觉又突然涌上心头。我对她说："认识你十几二十年，今天晚上竟然觉得你有点可爱。"

卢小菲突然跳开一步，双手叠放在胸前，她喊道："你不是想睡我吧！"

我看着为数不多的行人向我投来异样的眼光，对卢小菲说："刚才的话我收回，你当我没说。"

"禽兽，你真这么想啊！花小枝怎么办，我家小宏怎么办？！"

"你不是和小宏不是男女朋友吗？！"

"那你就真是想睡我咯？"

"……我想睡大街，行了吧？"

"大姐？谁是你大姐，我有那么老吗？！"

"行行行，你赢了，今晚你房费我出。"

卢小菲嘿嘿一笑，走过来又拍了拍我肩膀："就当你给小宏的笔友凑份子钱了。"

"你还好意思说我不要脸呢？"

"钱都是小宏的，能省就省。"

"那我的钱就是从地里冒出来的？"

"你的我可管不着。"

对于卢小菲这种撒泼的方式，我实在有些无力招架。我们四个人里，除了周小昱稍微能收拾一下卢小菲，其他人全部没辙。

"你想睡哪种酒店？"我问卢小菲。

"普通的就行，又不是来旅游。"

"行，那咱走过去，转条街，有个三星半的酒店，门口就是公交，直接能坐到长途汽车站。"我提起卢小菲的行李就准备走。

"等会儿，我刚才拿手机搜了一下，你们学校可以呀，附近还有凯宾斯基？"卢小菲坏笑地问我。

"姑奶奶，你住一晚凯宾斯基，我有半个月就要吃室友的剩饭过日子了。"

"那到时候我给人小宏的笔友说，你是小宏的朋友，才随了三四百块钱，小宏面子上过不去。"卢小菲的理论似乎无懈可击。

"别胡搅蛮缠了，那笔友知道我是谁就要份子钱？"

"我不管，要凯宾斯基。"卢小菲干脆一屁股坐在了马路牙子上。

"我欠你的啊？"我问。

"对，你就是欠我的。"

"那你说说，我怎么欠你的？"我完全气乐了。

"小宏是不是打过电话托你明天帮他办事的？"

"是啊，我说我没空啊！"

"就是因为你说你没空，这事才落我头上的。"

"但是我看你挺开心的呀。"

"废话，事是好事，但我是女生啊！心里总是会有些不舒服的。"

"那你不早说。"

"哼！"卢小菲突然又转了性，这让我有点头疼，"那你明天到底真有事没事？"

"有事。"我说。

"什么事？"

"小枝要来。"

"我怎么不知道？"卢小菲的话像是自己问自己一样。

"你是上帝啊！全知全能？"我笑了。

"小枝昨天还和我联系啊！她说她回家了。"

"我怎么不知道？"

"你不是上帝呗。"卢小菲嘲讽地看着我。

"真的假的？"我半信半疑地看着卢小菲，总觉得这姑娘不怀好意。

"不信你打电话问小枝。"卢小菲说着就要掏出手机。

我示意她算了："太晚了。"

"要不我们赌一把。"卢小菲说。

"怎么赌？"我问。

"明天早上你打电话给小枝，她要是来，房费我自己付钱；她要是不来，你陪我去参加小宏笔友的婚礼，怎么样？"卢小菲说得信誓旦旦，我心里确实有点发毛，"怎么？不敢？"卢小菲接着挑衅我。

"你等我算算这账划不划算。"

"拜托，这账怎么算都是我吃亏好吧！小枝来了，我要花一千多块钱；小枝不来，你什么也不花，就陪我坐趟长途车，还赚小宏一个人情，你说划算不划算？"卢小菲在我脑袋旁边吧啦吧啦地"拨"算盘，搞得我心烦意乱。

"哎哟你个大男人，这个赌都不敢？"卢小菲真的不是一般二般的烦人。

"行行行，赌！"

"好，那咱开房去！"

"这话你别说这么大声行吗？"

"我说的不是实话吗？"

"是，但是别扭。"

"心里邪恶的人才觉得别扭。"

"是是是，从现在开始，咱谁也别说话，成吗？"

"可以。"卢小菲难得爽快地满口答应，不过末了我隐约听见她又说了另外一句话，似乎在窃喜地说，"冤大头。"

笔　友

　　其实，账我是没有算清的。既然卢小菲敢这么赌，花小枝肯定就是不会来了。

　　但花小枝确实告诉我她是要来的，航班号都告诉了我。不过我也不甚在意，总之，明天打一通电话，就什么都清楚了。

　　在送卢小菲去酒店的路上，我一边盘算这银行卡里的钱到底够不够付一晚上的房费，一边继续和她聊着李小宏和小君通信的事。

　　"其实我最想知道的，就是这个小君她知不知道小均不是小均，而是小宏。"在最开始的对话里，我没有问卢小菲这个问题，卢小菲也刻意没有提起，此刻我还是忍不住问起。

　　"不知道。"卢小菲踩在盲道上，手里的铆钉包抡得虎虎生风。这条学校附近的小吃街上有很多像卢小菲一样的女生，长相尚可，穿着娇娆，也都背着各色各样的包。但只有卢小菲，抡着包，一圈又一圈，像李逵。

　　"不知道？小宏没给你提起过？"我接着追问。

　　"我不知道。"卢小菲突然一个转身，手里的包随着手臂大回环，正敲在我的脑袋上。卢小菲包上的铆钉是真结实。

"啊！"卢小菲叫了一声。

我不知道卢小菲是担心我还是心疼包，总之她就这么叫了一声。那时我已经疼得蹲在了地上，抱头，头埋在大腿之间。有几个路上的同学听见卢小菲的叫声走近询问，意思很明白：我是不是劫色的。

一般来说，以卢小菲的德行，说我是劫色的可能性是百分之九十。而那天晚上，我正好遇上了那百分之十。卢小菲跟那几个闲着没事的同学解释了一句，人就散开了。

"没事吧？"卢小菲问我。

"你说呢？"我疼得实在没什么力气回答她。

"刚才没注意，不好意思。"她接着说。

我举起手摆了摆，示意她别说话。其实那时候我真的很火大，因为确实没见过哪个女孩是这么背包的，她转身抢包的动作简直像一位职业铁饼运动员，协调而有力度，近乎完美，于是惹人憎恨。

卢小菲也蹲了下来，她从包里掏出一支像是眉笔的东西，戳我的脑门："疼吗？"

我记得当时我抬起头看着卢小菲的时候，满眼都是李小宏血肉模糊的模样。

"我真的很为小宏以后的生活担忧。"我对卢小菲说。

"我知道你的意思，放心吧，我向你保证，没我小宏能过得很好，我很确定，但是有我，小宏也不见得就过得不幸福。"卢小菲说着收起了她的眉笔，我隐约见到她包里的东西放置得很规整。

这让我突然想起了一种摇骰子的手法，六七颗骰子倒扣在骰盅里，贴着桌面有规律地摇骰盅，骰子会乖乖地六七颗叠在一起；高级一点的手法，摇一手就能叠好；顶级的手法，不仅摇一手叠好，六七颗骰子数字相同的会在一面。

卢小菲或许就有这么一双魔术手。

"你别介意，我这人爱瞎开玩笑。"我向卢小菲道歉。

"你是关心小宏，我知道。"卢小菲又开始抢起了她的包，"小宏每年都会买一件生日礼物给小君，去年买的是一本叫《老味道》的书，据说是因为小君特别喜欢汪曾祺；前年是小宏去西藏旅游带回来的复刻藏经；再往前一年，是……"

"别数了，"我打断了卢小菲，"数着你不难受吗？"

"难受。"卢小菲不再抢包了，指尖一放，铆钉包飞出去了很远。

"其实小宏这人挺分裂的，"我说，"有时你搞不懂这么个没脑子的人为什么会念书这么厉害，也搞不懂能对小君这么细心的人，怎么会对你视而不见？"

卢小菲对我的话没有太大的反应，她只是淡淡地说："也许小宏只是不喜欢我而已。"

我想，能够鼓起勇气说这么一句话，特别是对卢小菲而言，是不容易的。就像小时候我特别喜欢狗，邻居家正好养了一条，大黄毛，活蹦乱跳地招人喜欢。可是那条狗就是不喜欢我，不管我怎么讨好它，每天给它喂肉吃，猪肉、牛肉、鸡肉，甚至有一次喂它吃蛇肉，它就是对我不冷不热，见别的人尾巴摇得老快，见我，耳朵都是耷拉着的。

那时候的我很伤心，我不理解为什么这条狗不喜欢我。如果换作是人，我或许还能够理解，可是，它只是一条狗啊！我为了一条狗做了一条狗应该喜欢的所有事情，可是它根本不理我，我都怀疑它到底是不是条狗。

后来我明白，很多事情，人和狗没有任何的区别，不喜欢就是不喜欢。当然了，这是一件说起来简单，接受起来困难的事情。毕竟，对那条黄毛狗，我是在它终于忍不住咬了我屁股一口之后，才开始接受它就是不喜欢我的事实。

我想，淡然并不属于普通人，非要有点恨意，某些心结才能解开，但弊端在于，这种解开心结的方法本就是病态的。有时候我又在想，是不是自己对于情绪掌控的境界要求太高，毕竟，拿得起、放不下的实在太多，而既然好不容易放下了，就不要再纠结是怎么放下的了。

所以对我来说，从卢小菲坦然说出那句话开始，卢小菲的形象在我的心中变得异常高大，简直值得膜拜。

"说实话，我是真的觉得你今天很可爱。"我对卢小菲说，发自内心。

卢小菲愣了一下，笑了，笑得很欣慰，说："这是打从我认识你到现在，你夸我的第一句话。"

"但希望不是最后一句。"卢小菲接着又说道。

"我估计就是最后一句了，其他的留给小宏给你说吧。"

卢小菲叹了口气，她抬手看了一眼手表，异常疲倦地对我说："赶紧送我去酒店吧，晚了，明早还要早起。"

"好。"

卢小菲指定的凯宾斯基就在不远处。大学旁边有凯宾斯基酒店，全国可能也找不出几所了。办完入住，卢小菲问我："明天陪我去一趟吧，我知道你没事。"

"小枝是真告诉我她要来。"我说。

"明天几号？"卢小菲突然问我。

"1号，怎么了？"

"明天几月1号？"

"4月1号。"

"想明白了吗？"

"4月1号怎么了？4月1号花小枝就不来了吗？这天忌出门吗？"

"愚人节啊！大哥！"卢小菲夸张地摊开双手，眼神里全是不可思议。

　　我学着卢小菲的动作，也摊开双手，在凯宾斯基的酒店大堂喊道："多大了，还过这种破节日啊！"

　　"所以啊！就和我去吧，带你去看看。"

　　"你等等，"我打断了卢小菲，问道，"万一你也是愚人节逗我玩儿呢？"

　　"王小川你有没有脑子？！"卢小菲说话的嗓门儿突然提到了天灵盖，她说，"我坐飞机好几百公里飞过来跟你开个愚人节玩笑？你以为你是李小宏啊！"

　　我皱起了眉头，摆摆手示意卢小菲别那么大声，我说："菲姐，别激动，我去，成吗？我去。"

　　"那就赶紧回去。明早八点，来这儿接我，一起出发！"

　　"是是是，一定来。"

　　"退下吧！"说完，卢小菲大手一挥，起驾回"宫"了。

　　我看了看手机，时间已经走进了4月1号，我还是给花小枝发了一条短信：明天其实你不会出现在机场，对吗？

　　发完短信，我在凯宾斯基的大厅抽了支烟，然后准备回宿舍。路上，花小枝给我回了短信，她说：被你发现了。

　　其实我并不指望花小枝这么快回我的信息，毕竟她的作息一直都很规律，基本上晚上10点不到就上床睡觉了。抓着这个机会，我接着回她：嗯，小菲来了，她告诉我的。你还没睡？

　　这条短信发出去之后，直到我回到宿舍洗漱完毕，再在宿舍阳台抽完了半包玉溪，花小枝也还是没有回复我。

　　我想她是半夜起床，顺带回了我短信，虽然我当时回复花小枝的短信足够快，但是花小枝的入睡速度也同样快。

　　虽然明知她很可能不会再回复我，可我还是心存侥幸地等了下去，我也不知道为什么。

直至凌晨三点，花小枝的短信来了：小菲去你那里了？做什么？

这一次我没有再慢慢悠悠地打字发信息，我直接拨通了花小枝的电话。电话那头很安静，花小枝声音略带慵懒，她说："怎么给我打电话了？"

"等短信太难熬了。"

"傻，那就别等了啊！"

"睡不着。"我说。

电话那头的花小枝轻声笑了出来，她说："怎么，小菲今天闹着你了？"

"小菲一直就那样，我也都习惯了。"其实这话并不尽然，卢小菲向来让我头疼，可是和卢小菲聊过之后，我觉得周围的人和事都变得陌生了起来。我接着对花小枝说："今天听小菲说了一件小宏的事情，有点没缓过劲儿来。"

"什么事？"花小枝问。

"小宏笔友的事情。"

"哦，小菲给我说过。"

"小菲嘴也太快了。"

"我很早就知道了。"

"那小菲说她也是最近才知道的。"

我的话音刚落，电话里的花小枝又笑了起来，不再接我的话，而是问我："小菲明天，不对，是今天要去你学校附近的县城对吧？"

"是啊，非拉着我一起去。"

"你肯定答应咯？"

"啊！"我抬起头，看了一眼窗外的明月，觉得自己似乎做了一个非常愚蠢的决定，"不去就在路边说我要睡她，差点被围观。"

"像是小菲做的事。"

"估计都是跟你学的。"

"是吗？那我也是跟你学的。"

"你怎么就不学我点儿好？"

"那你倒是告诉我你有哪儿好呀？"

"长得帅啊！"

"你吧，只能算长得能看。"

"行，那我还眼光好呢。"

"你眼光怎么好了？"

"看上的姑娘绝对是国色天香，美得不行。"

"是吗？你看上哪个姑娘了？"

"你啊！"

"我也只能算长得能看。"

"你这么说要卢小菲怎么想？"

"小菲长得很漂亮啊！"

"就我们两个打电话，就不要照顾卢小菲面子了好吗？"

"那只能说女生和男生的审美不一样吧。"

"怎么说？"

"你觉得什么能称得上美？"

花小枝突如其来的问句，的确把我问住了，什么是美呢？我觉得花小枝这样就是美的标准，卢小菲那就是不美的标准。卢小菲似乎真的是我心里挥之不去的阴影。思来想去，我还是无从回答花小枝的问题，只好对她说："我不知道，也许，是一种感觉？"

"也许吧！"花小枝的语气欲言又止，于是我问道，"那你觉得呢？"

"心灵美才是真正的美。"

说实话，我被花小枝的答案震慑到了，因为这句话实在太朴素，朴素到我觉得它和花小枝美丽的脸蛋相违和。

"怎么不说话了？"花小枝问我。

"不知道说什么，你说得很有道理，但是我实在理解不来。"

"总有一天你会理解的。"

"但我还是觉得你美。"

听我说完，花小枝笑了，笑声轻盈而婉转，如同歌声。我实在无法形容出当时的情景，如果当时我没有想象着花小枝娇艳的脸庞，或许我会觉得毛骨悚然。在笑声结束之后，花小枝说："你从小就这么固执，什么道理都听不进去。"

"我其实也不固执，不然当年高考填志愿就填你的学校了。"

"你好意思吗？"花小枝扑哧又笑了出来，"填我的学校，念预科吗？"

"你还别说，当年我是真不知道有预科这么回事，要不我真填了。"

"后悔了吗？"

"也不能叫后悔，非要形容的话，遗憾吧。"

我已经忘了那天的电话是何时结束的，只记得我和花小枝聊了很多有的没的，情绪一时低落一时感慨。我依稀记得电话的最后，花小枝似乎哭了，但是因为什么，已全然没了印象。我时常在想，并不是每一个故事都能顺利地走到结尾，无论圆满还是悲伤，总是幸运，因为无疾而终才应该是常态。

所以有时候我还是很羡慕李小宏和卢小菲，因为他们两个人似乎永远都缠在一起，如同两条来回缠绕的曲线，不见得有一个完满的结局，但是两个人终归一直交错在一起。而像花小枝和我，就像两条直线，虽然起点被设置在了一起，但是越往后，分隔的距离也就越远，直到渐渐把彼此忘掉。

不过这样也好，总好过歇斯底里。

常有人言，如果分手了没有恨，那就说明没有爱。其实我倒觉得，情到深处，无论如何，也是恨不起来的。

当时的我坐在宿舍的窗台上，感谢地处郊区的校址，我得以看见绯红的朝霞从地平线上升起。在室友此起彼伏的呼噜声中，朝霞与太阳，有着一种神秘的律动感，缓慢而诡异。

那一晚我抽完了自己的烟，可烟瘾还是不可遏制地涌上心头，我只好进屋翻找室友的烟。来自五湖四海的他们，有着各自的抽烟习惯，有抽"中南海"的，也有抽国民香烟"中华"的，还有爱在一个烟盒里塞满各式各样香烟的。

换言之，我并不缺烟抽，但是弊病在于，烟抽混了，和酒一样，容易上头。在一根接着一根的各式香烟中，伴着富有律动感的日出，我昏了过去。

在这种情境下，一般来说，是会做梦的。不过是噩梦还是美梦，倒是没有什么经验可循。那天具体是什么梦，我也记不清了，似乎在走一个迷宫，但是没有妖怪没有宝箱也没有NPC，也不知我是李逍遥还是王小虎。

我在迷宫里并没有困多久，因为卢小菲的"morning call"如期而至。卢小菲是一个对谁都不放心，只对她自己放心的人。

"喂！王小川！我就知道你还在睡觉，我要是不打电话给你，你就准备放我鸽子了对吧？！"电话里卢小菲的语气带着晨尿的浓重火气。

"你先退房，我马上到。"我敷衍着卢小菲，心想着再眯一会儿。

"没那么轻松，我现在就在你们宿舍楼下，两分钟你要是不下楼，我就要喊了！"听卢小菲说完，我的睡意消散了不少，因为我听见了两重声音。

我强制自己打起精神，因为卢小菲是一个说到做到的人，为了保全我的声誉，我必须抓紧时间。

爱 人

　　万幸的是，我并没有耽误卢小菲的行程，早晨八点我们赶到了客车站。

　　"要九点第一班的票，两张。"卢小菲抢在我之前，对窗口售票员说。

　　"你来过？"我问她。

　　卢小菲没有回答我，她接过车票，检查确认过之后，递给了我一张。"找个地方吃早餐。"她对我说。

　　说实话，对于客车站我是不甚熟悉的，更不用说人山人海的客车站。"刚才我看见有家便利店，随便买包饼干再买瓶水差不多了。"我冲着一个劲儿往外挤的卢小菲喊道。

　　"外面不远有家包子铺，我们去那儿吃。"卢小菲头也没回，像条泥鳅一样在人群里穿梭。

　　到达卢小菲所说的那家包子铺，正好还剩两个座位，卢小菲叫我先占座，自己去点餐。我很奇怪为什么卢小菲对这个客车站如此熟悉，毕竟据她说，她是坐飞机来这里的。不过对于卢小菲来说，出于信不过我或者其他别的原因，自己做了一些微小的准备工作，也不足为奇。

"这家包子好不好吃就带我来？"卢小菲端着盘子刚坐下，我就问她。

"还行吧！"卢小菲拿起鸡蛋往桌角上一敲，开始剥了起来，边剥边看我，"你不买一点吃吗？"

我看着花小枝盘里的一杯豆浆、两个小包子和她手里的鸡蛋，显然，这点分量并不是两人份的。

"要买的，走累了先休息会儿，你先吃。"说实话，当时的我有一点尴尬。

卢小菲狼吞虎咽吃完了早餐，看我没有去点餐的意思，她问我："不饿？"

"不饿，吃完咱们走吧。"我说。

"还是买点带走吧，去那里要坐三个多小时的车呢！"说着卢小菲起身准备去给我买早餐。

"不用了，"我叫住卢小菲，"包子味儿太大，再说我也不爱吃早餐。"

卢小菲也没有再坚持，"那走吧。"她说。

我记得那天阳光不错，早春的日子里也没有那么寒冷。卢小菲坐在窗边，车子还未发动，就拉上窗帘准备闭目养神。我把两个人的行李归置好，在卢小菲旁边刚坐下，她突然睁开眼睛问我："我的包你是不是放上去了？"

"嗯，刚放好。"

"那你再帮我拿下来吧。"没等我抱怨，卢小菲接着说，"我墨镜在里面。"

卢小菲戴上她那副硕大的蛤蟆镜之后，拉开了窗帘。

"能不能有点公德心？"我被窗外的艳阳射得几乎睁不开眼，看着卢小菲无动于衷，我又说道，"这么大太阳，你也很容易晒黑呀！"

卢小菲用手指顶了顶镜框，没有说话，那样子特别像少妇，穿一身貂的那种。

客车在高速公路上一路驰骋，车上操着外地口音的旅客在肆无忌惮地聊天，很遗憾的是，我竟然能听得八九不离十，于是我听得很入迷。

男的说自己去印度打工，结果被查签证，印度人直接把他关进小班房里，说他是打黑工的。女的问他以前去缅甸、老挝打黑工怎么没这个遭遇？男的说什么叫打黑工，以前去那些地方都是有正经工作签的。女的问那怎么这次就没有了？男的说这次公司给办的是旅游签，把他给坑了。女的说那你在里面受罪了吗？男的说那倒没有，但是他们给的伙食太差，筷子都没有，都是用手抓。女的说那有吃的不错了，还能活着回来。男的说那是，还是在中国好，中国人都先放了出来，还给飞机送到海关，其他国家的都还在班房呢。女的说那真是好运，以后不去印度打工了，去别的地方。男的说不，以后都不去打工了。女的问为什么。男的说钱挣够了，可以回家盖房子了。

说到这儿，两个人牵着的手握得更紧了，两个人也没有再有言语。当然，实际上的对话比我能听懂的要丰富得多，情感也要更加复杂。

"打黑工也能这么深情？"卢小菲摘了墨镜，扭头瞥了一眼身后两人。

"没睡着啊？"我问她。

"这两个人说得这么大声，整个车上的人都听得见，能睡着吗？"卢小菲语气不太高兴，显然是被伉俪情深的那两个人吵着了。

"人家是死里逃生外加久别重逢，理解万岁。"我还真有点害怕卢小菲在这个时候撒泼。

"我知道，不过公共场所这么大声说话，没有公德心。"说着，卢小菲又戴上了她的墨镜。

"您卢大小姐堂堂一本大学在校大学生，人家素质肯定和您比不了。"我实在不能忍受卢小菲莫名其妙的优越感。

听我说完，卢小菲又摘下了墨镜，看来接下来她要说的话，肯定有比较凌厉的眼神。

"素质和身份没有关系，什么人都该有素质。"眉毛都快挤到了眉心，眼神确实凌厉。

看来卢小菲摘下墨镜还是非常有成效的，我实在不想和她再争论下去，我没有接她的话，而是闭上了眼睛。

卢小菲也不再对身后的两个人有所评价，我迷迷糊糊眯了一会儿，被卢小菲摇醒。

"你看，上跨海大桥了。"卢小菲用只有我能听得清的声音对我喊。

我看着窗外，眼前是茫茫无际的大海，还泛着早间的蒙蒙白雾。如果没有眼前高耸的桥梁，似乎会让人错以为自己在一列海上列车之上。

"感觉好奇妙。"我对卢小菲说。

"你从来没坐过？"卢小菲略显诧异。

"没有，虽然在这里上了三年学，可我从来没走过这条路。"

"那你的大学生活该多无趣。"卢小菲撇了撇嘴，继续看向窗外。这似乎是一个陈述句，而并不期待我的回复。

我印象里那条跨海公路很长，长到让我产生"应该快要走完了吧"的念头，不止一次。如果没有记错，那条在海里硬生生架出来的公路应该有好几十公里长。具体多长，我记得自己曾经查过，但是后来还是忘记了。不过我记得卢小菲当时对这个长度的形容，她说："好他妈长。"

无论如何，这条好他妈长的公路还是会结束，正如旅行的终点一样，我们还是来到了李小宏笔友所在的城市。江南小城，自是小，却也美。

"我猜小君肯定长得很漂亮。"走在城市街道上，我对卢小菲说。

"你或许见不到她的真面目。"卢小菲一路在找着路牌，并没有太在意我说的话。

"也是，也许是中式婚礼，新娘盖着红盖头。"卢小菲对这座城市异常的熟悉，我虽然有些疑惑，但是却没有太在意。

卢小菲并没有打算乘坐任何的交通工具，只是任性地沿着道路行走，全然不顾背了所有行李的我。虽然我没有行李，但是卢小菲的行李还是异常重。都说女生出门像搬家，关于这一点我一点都不怀疑。

"菲姐，要不我们打个车呗。"中午的气温渐渐升了起来，套头衫里面还加着秋衣的我，一点儿也忍受不下去了。

"再走会儿就到了。"卢小菲仍然自顾自地走着，但是脚步却越来越凌乱。我想她可能是紧张了，说实话，千里迢迢来见素昧平生的笔友，虽然浪漫，但是难免让人忐忑。

在我粗浅的认识之中，忐忑应该源于对方真实的长相如何，太差或太好，都不太妙；中等，是最好的情况。但或许在真正的笔友之间，长相实在是一件太微不足道的事情，即使是一张毁了容的脸，或许他们也不会太介意。

不过即便如此，最让我在意的，还是这位小君，和李小宏通了六年手写信件的小君，究竟长什么样。我相信换作是谢小希和周小昱，他们和我关心的肯定是同一个问题。

而正当我做着哲学一般的思辨时，卢小菲带的路风景虽然越来越好，但是位置也越来越偏。行不多时，我忍不住问卢小菲："小宏这位笔友，难不成是个质朴的农村女孩？"

"说对也不对。"卢小菲回答我。

"怎么说？"

"不是农村姑娘，但是她人确实在田里。"

"在田里结婚？！"

"待会儿你就知道了。"

"别待会儿了，我现在都快撑不住了。"

"你看这边风景多好，你多看看。"

"风景再好，看多了也吐。"

卢小菲没再接我的话，反而是问我："你带打火机了吗？"

我摸了摸口袋，火机还在，我说："带了。"

"那就好。"

"怎么？你要抽烟？"

"我怎么会抽烟？"

"那你问这个干吗？"

"待会儿用得着。"

"你要干什么？毁人家容啊？小宏肯定不会原谅你。"我开卢小菲的玩笑。不出意料，卢小菲又没有理我，转而真的向田间的小路走去。

那时候，我开始觉得有些不对劲，在我的印象里，没有谁的婚礼会在这样的地方举行。

我跑上前，把卢小菲的行李拦在她身前。"我觉得有点不对劲。"我对卢小菲说。

"什么不对劲？"

"有人在田里面办婚礼的吗？"

"没有。"

"那就是不对劲！"我绕到卢小菲面前，"到底什么情况？"

卢小菲的脸上看不出什么特别的表情，她说："你查一查今天的农历就知道了。"

"我不想查，你直接告诉我！"

"今天是农历二月二十一，忌嫁娶。"

"卢小菲，你别这么神神叨叨的！"

"你别激动，跟我走，再有五分钟，你就明白了。"卢小菲提起脚边的行李背上，也不等我回答，踏下田间绕过我，径直向前走去了。

卢小菲没有骗我，再过五分钟，我确实看到了可以让我想象的线索。

我们来到了一座公墓。从沿海吹过来的大风狠劲地刮动这里的植被，修在风口的这座公墓，似乎并不想让祭祀的人彼此之间有任何的交流。

"公墓？"我问道。

"是的。"卢小菲淡然地答道。

"来看……小君？"我试探。

"是的。"卢小菲仍旧淡然。

"虽然严格来说，这件事和我没有任何的关系，"我追着在寻找墓碑的卢小菲，努力想表明我的观点，接着说，"但是你既然拉我来，必定有你的想法，你是不是有必要跟我解释解释？"

卢小菲突然停下了脚步，她扭头看了我一眼，"到了。"

乔小君

1992—2010

卢小菲驻足前的墓碑上这么写着。

最终的最终，我还是见到了小君，只不过是在一张小小的黑白相片里。

"小君？"我看着眼前的墓碑，仍然诧异地问出了口。

"是的，她就是小君，三年前去世了。"

"你等会儿，"我拉住开始摆放香烛的卢小菲，"小宏不是一直跟她通信的吗？三年前就死了？跟李小宏写信的是鬼啊？"

卢小菲轻挣开我的手，把香烛拆开搓成一捆，摊手问我要火机。

"没有火机！"我说。

跪在地上的卢小菲抬起头，她的表情很无奈，我不知道她为什么会这么无奈。"小君三年前就去世了，有什么问题吗？"

"没有问题，可是和小宏写信的到底是谁？"

"王小川，"卢小菲站起了身，她说，"我一直以为你很聪明，没想到你也这么笨，小君确实是小君，但是小君也确实在三年前去世了，你还不明白吗？"

"不明白！"我喊道。诚然，我感觉我受到了刺激，我不明白卢小菲究竟意欲为何。

"小宏和小君通信了六年，前三年，是小君；小君死了以后，我就成了小君。"卢小菲还是摊着手，还是向我要火机。

我把火机递给了她，可没有从她的说法里缓过来，我试探地问道："那你早就知道小君死了？所以冒充她？"

"对。"

"那你怎么知道小君死了，而小宏不知道？"

"高考毕业那段时间，小宏跟我说很久没有收到回信，很不开心。"卢小菲说着点起香烛，可风太大，火机甚至没有打着一次火。

"我趁那个假期，来找小君。"卢小菲还在用力打着火，咔嚓、咔嚓。

"沿着信上的地址一直到这里，才发现小君高考前三个月猝死了。"卢小菲的大拇指打出了红血印，可她一点停下来的意思也没有。

"没有亲人，没有朋友，几个邻居出钱，让她在这里安了家。"卢小菲最终还是放弃了，她递给香烛和火机给我，"还是你来吧，我点不着。"

"所以从那时候开始，你就成了小君？"

"是的，小宏寄出去的信会寄到这里，这里的邻居会寄给我，而我写的信也会寄到这里，还是由那位小君的邻居再寄给小宏。"

"就这么转了三年？"

"嗯，三年，一共78封信。"

"所以小宏冒充张小均给乔小君写了三年信，然后你又冒充乔小君给小宏回了三年信？"我不知道是大风还是出离的惊讶，火机的火，我怎么也没有打着，如同卢小菲一样。

"小君知道小宏吗？"我问道。

卢小菲指着照片里的小君，她说："我不知道她知不知道，我找到她的时候，她就已经在这儿了。"

"那小宏知道你是小君吗？"我接着问道。

"不知道。"

"不知道你是小君还是你不知道他知不知道？"我问了一句像是绕口令的问题。我不知道卢小菲是被我的问题激怒还是被始终无法点燃的香烛激怒，她狠跺双脚，似乎要暴起伤人。

"你别激动，我换个问题。"我说，"你说你来是因为小宏托你来参加小君的婚礼，是真的吗？"

"真的。"

"那就是你对小宏撒谎，说你要结婚了？"

"是的。"

"那你就不怕小宏真的来？你这是什么招儿？"我瞪大了双眼，不明白卢小菲在耍什么套路。

"小宏不会来的。"卢小菲回答得很快，几乎是脱口而出。

"你怎么知道？"

"因为我就是小君啊！小宏在回信里说的。"卢小菲抬头看天，思索着对我说，"我曾经在信里问小宏，'如果我有一天结婚了，你会来参加吗？'"说到这里，卢小菲停顿了，她抬起的头低了下来，看着我，似乎在等着我问她"然后呢"。

可是我就是没问。

"然后啊！"卢小菲说，"小宏在信里说，'争取来，但凡事都无绝对，如果到时真有脱不开身的事，也只好礼到人不到了。'我问过小宏为什么要这么说，他说他要是答应去了，我肯定会不开心，所以才那么说，有个回旋的余地。我又问他，如果我答应呢。他说，答应他也不会去。"

这次没等卢小菲自问自答，我开口问了："为什么呢？"

"因为小宏说，虽然与小君通信是出于十分单纯的念头，但是小君毕竟是女生，我总归是会不开心的。"卢小菲说着，终于点燃了香烛。

"那我还是有一点不明白。"

"你说。"

"为什么你要骗小宏，说你要结婚了？"当时的我已经无法说出一个指向明确的问句。

"因为我坚持不下去了。"

"假装另一个人很难受吧。"

"不是。"

"那是？"

"是假装成小君，看见了小宏心中太多的秘密，我坚持不下去了。"

"能看见小宏心里的秘密，不是很好吗？"

"最开始的时候，感觉很新鲜，很兴奋，但是越到后来，却越来越害怕。"

"害怕？"我问道。

"害怕。"

"害怕什么？"

"我越知道小宏喜欢我，也越明白他的担忧、顾虑和迷茫，就好像，小宏在拿着亿万把钥匙试一把锁，我知道他要哪把钥匙，却只能眼睁睁地看着他一把一把地试，却不能告诉他。"

"所以？"

"所以我决定和他一起去试钥匙，我宁愿什么也不知道。"

"所以你撒谎小君要结婚了，从此断了和小宏的通信？"

"是的。"

"那我明白了。"我长舒一口气，却仍然觉得不可思议，"我还有最后一个问题。"我说。

"什么问题，你问吧。"

"为什么告诉我？还要拉我到现场？"

"因为小枝曾经也在看着你试锁。"卢小菲说得我后背发麻。

"别开玩笑，我又没跟谁写信。"

卢小菲也不再就此说什么，转而对我说："这件事你不要告诉小宏，拉你来，只是不想让这件事只憋在我心里。"

"那你就是明显拉我入坑了。"

卢小菲听我的玩笑难得没有生气，反而说："咱们这些人里，你虽然最不靠谱，但是有些事，只能找你。"

"谢菲姐信任，不过你和小宏、小君这事，真是够震撼的，我现在还没回过神来。"

"无非就是跟素未谋面的人通信而已。"

"你跟小宏叫素未谋面？"

卢小菲看着飘起的烟絮，在大风中卷而向上，转瞬间灰飞烟灭，她接着说："通信的时候，我叫乔小君，而小宏，叫张小均，确实是素未谋面呢。"

篇 三
考　试

　　每一个难题就像一道考试题目。

　　1. 掌握解决之道总比获得正确答案重要。

　　2. 不过千万不要迷信, 因为即便是考试题, 也不一定会有标准答案。

>>>

选择题

周小昱从小体形就大，比我们都大，所以我们结伴出去的时候，爹妈总是会提醒："小昱照顾好小川啊！"

周小昱会玩的东西也比较潮流。开始我们喜欢踢足球，只有周小昱打篮球；后来我们都只打篮球，不再踢足球了。我们还在玩红白机打超级玛丽的时候，周小昱已经在小黑店里玩起了PSP。我们还在夜宵摊喝西瓜汁的时候，周小昱的酒量已经不下半斤白酒。

对于我们来说，周小昱总是走在时代前沿的人。而他，也比我们更加快速地迈向成人。

当然，周小昱也是我们之中最早恋爱的人。

再当然，这种事情我总是最晚知道的。

我记得高中某一天下课之后，走在回家那条烂泥路上，谢小希突然问周小昱："穆小珊是不是全身都和脸一样那么白？"

当时听完这句话，我已经蒙了，李小宏则是一副比较期待的神情。

周小昱看了谢小希一眼，从兜里摸出香烟，点上，深吸了一口，仿佛在思忖家国大事。

"是。"周小昱的回答坚定而有力。

"大哥就是大哥。"谢小希竖起了大拇指，不住地点头。我踢了谢小希一脚，问他："什么情况，为什么什么事情我都是最后一个知道的呢？"

谢小希一个趔趄，差点跌进水坑里，他一边跳开一边喊道："谁叫你一天到晚跟花小枝腻在一起。"

"这叫两耳不闻窗外事。"李小宏补充道。

"就你读书多！"我骂了李小宏一句。

穆小珊是我们学校的校花——之一。如果没有花小枝，那这个"之一"可以去掉。但是在有花小枝的地方，还能被称为"之一"，可见穆小珊确实是漂亮的。

"你们什么时候好上的？"我问周小昱。

"没多久，上个月吧。"周小昱回答得挺轻松。

"上个月？"我差点没蹦起来。

"你们上月就知道了？"我指着谢小希和李小宏叫道。

李小宏一摊手："小菲告诉我的。"

"那你呢？"我问谢小希。

"上个月，就学校停车场，被我撞见的。"谢小希一脸"就这么个破事有必要这么激动吗"的表情，很不屑。

"那为什么不跟我说呢？"我困惑，很不解。

"那——"谢小希和李小宏的脸上挂满了问号，他们说，"为什么要跟你说呢？"

"你是穆小珊爹妈？"谢小希伸个脑袋在我面前，嘴巴咧得飞起，像《东成西就》里的欧阳锋。

"你是穆小珊好姐妹？"李小宏也学着谢小希，一人一边，把我恶心得够呛。

"你俩过去。"我伸手把他俩推开，问周小昱，"穆小珊？咱们高中除了花小枝，就数穆小珊的穆小珊？"

周小昱脸上依旧很不屑，他说："我觉得穆小珊比花小枝好得多。"

"长得高那不算。"我说。

周小昱还没来得及反驳我，谢小希又凑上来说话了，他说："大哥的身高，除了穆小珊，找我们学校谁谁都要垫板凳。"

"要你说。"我又一次推开谢小希那张烦人的脸，问周小昱，"谁追的谁？"

"我追的她。"

"你喜欢她什么？"

"长得高。"谢小希插嘴。

"长得漂亮。"李小宏补充。

"学习还好。"谢小希不甘示弱。

"还会弹钢琴。"李小宏和谢小希简直像是在比赛。

"都闭嘴！"周小昱先听不下去了，吼住了他们俩，扭头问我，"你怎么这么激动？"

周小昱算是把我问住了，我为什么这么激动呢？"我他妈怎么知道，谁叫你们瞒我这么久。"我说。

"穆小珊是你前女友？"

"不是。"

"那穆小珊是你姐姐还是妹妹？"

"都不是。"

"那穆小珊跟你什么关系？"

"没说过几句话的隔壁班同学。"

"那他妈不就得了，我瞒你什么了？"

"大哥我错了，那今天大哥为什么不送大嫂回家？"

"废话，穆小珊她爹妈今天来接她。"又是谢小希，简直是一个江湖百晓生。

"你他妈怎么什么都知道？"周小昱也挠头。

"我看见了，"谢小希说，"一男一女来接她的，上了辆 A6，看来穆小珊家还很有钱。"

"你看错了，"这种时候李小宏插上一句，我一点儿也不意外，他说，"是辆 A6L，可比 A6 好。"

那天嘈杂混乱的对话在李小宏关于 A6L 的评论中走向尽头。关于穆小珊家到底是不是很有钱，也没有达成共识。后来我们一致认为三个大男人当街讨论另一个女生家到底有多少资产不是非常合适。

周小昱和穆小珊应该是非常登对的，而登对在中国的高中里，也就意味着显眼。除了我这种神经过于不敏感的人，所有人都知道学校最高的那个男生、校篮球队队长和全校最高的那个女生谈恋爱了。

这简直是树大招风。

好在穆小珊的成绩一直很稳定，他们班的老师也就睁一只眼闭一只眼。不巧的是，我们班的老师对周小昱同样很稳定的成绩不甚满意。

当时我们班主任不满意的原因确实让我们十分费解。既然穆小珊成绩没有波动，可以默认为没有受到早恋的影响，那为什么成绩同样没有波动的周小昱就要被扣上早恋影响学习的帽子呢？

不过这个道理后来我们明白了，差生和尖子生，待遇是不一样的。

这个道理其实很明了，很简单，但是当时的我们就是无法理解，以致周小昱和班主任在课堂上直接杠了起来。那次在班主任的课上，周小昱很郁闷，因为在上一堂课课间他被班主任在办公室里训了一个课间操的时间。

课上，谢小希丢了一个纸团在我桌上，我打开一看，什么字都没有。我摇着展开的纸团哑着声问他："什么意思？"

谢小希没什么表示，反而低头写了些什么，又揉了一个纸团丢了过来，我又展开来看："我丢错纸团了。"

看着这张纸条我很窝火，一来那天天气炎热，窗外吹进来的都是带着腾腾热气的暖风，二来班主任讲的课实在无趣，三来谢小希丢了两个纸团给我，我两次冒着会被班主任逮着的风险还是没有弄明白谢小希想对我说什么。

我正准备写个纸团丢还给谢小希，脑门儿上突然被砸了一个纸团，从方位上来判断，应该是李小宏丢的。

3点30分，一起记老秦笔记，就是不抬头，等老秦发火。

看这字，像谢小希的。

"怎么这么幼稚。"我心里这么想着，可我还是忍不住从了这个计划。

我能想象从班主任老秦的视角看去，全班都在抬着头听她讲课，就我们四个人埋着头噼里啪啦也不知道在瞎写些什么，加上周小昱动作幅度很大，换笔芯、翻课本、摇涂改液，什么声音大他倒腾什么。

"谢小希！你们四个给我抬起头来！"班主任老秦终于忍不住了，"啪啪啪啪"四支粉笔，就像暗器一般砸向我们。当然，气势是到位了，就是准头差了一点。

我当时坐在前排的位置，我回过头去看另外那仨，谢小希表情很无辜，李小宏表情没有什么特别，而周小昱则显得很无奈。

"全班就你们四个！像什么话！"老秦发起脾气来，校长都是要让三分的。没等我们反驳，老秦又发话了，"特别是你周小昱！从上课开始到现在，你那里的声音是一分钟都没有停过，你对老师有什么意见你直说！"

"没有意见，"周小昱语气不见紊乱，"我在认真做笔记啊！"

"做笔记？你周小昱会主动做笔记？"老秦虽然人品不怎么样，但是看人还是挺准的。

"我真的在做笔记，不信秦老师你看。"说着周小昱举起了他的笔记本。周小昱举起的笔记本上写满了密密麻麻的字，据李小宏后来考证，周小昱应该是一字不落地记下了班主任老秦说的每一个字，以至后来李小宏建议周小昱去当速记员，发展好说不定还能为国家领导人工作。

当时老秦怒气冲冲地踏着高跟鞋向周小昱走过来，周小昱也站直身体，小腿顶开板凳，拉出刺耳的声音。

"剑拔弩张"，这是事后谢小希形容当时气氛时用到的成语。

"你把笔记拿给我看！"老秦一手叉着腰，一手摊在周小昱面前。据后来花小枝对我说，那天班主任老秦那个姿势特别有女人味。"像原配逮出轨老公。"卢小菲则是这么形容的。

周小昱气势还是很沉着，他把手里的笔记本转了个个儿，正面朝外，双手捧着递给了班主任老秦。

"老师，请指正。"周小昱说。

还是事后，李小宏对周小昱用的"指正"这个词赞不绝口，卢小菲则对我们说，她反应了半天，没反应过来周小昱说的是哪个词。

"阅读理解第二题，不能光看文章，还要结合作者背景……"班主任老秦一边看，一边念着周小昱的笔记，还不时抬起头，表情微妙地看一眼周小昱。

"我一度以为大哥征服了老秦。"此后每当聊起这件事，谢小希总不忘说这一句话。

一度以为，表否定。

班主任老秦当时默默地读完了周小昱的笔记后，重重地将笔记本摔在周小昱的桌上："矫枉过正！周小昱你这是在赌气！"

"秦老师，我确实是在认真地做笔记。"周小昱的语气仍然十分镇定，尽管他的同桌已经吓得花容失色。

"我讲课的内容，如果你没有用心去理解，就算一个字不落地记下来，又有什么用？"说这句话时，班主任老秦的语气突然缓和了下来。

"语气中带着一些无奈。"花小枝如是形容。

"秦老师，不是每个学生都能理解您说的每一句话，我理解不了的，一字不落记下来，回家再慢慢消化，这样也有错吗？"周小昱的语气，也假装得挺无奈。

"回家慢慢消化？"班主任老秦发出了一声略带嘲讽的笑意。

"笑声特别像《九品芝麻官》里的太监李公公。"李小宏如是形容。

"你回家怕是忙着谈恋爱吧，自己耽误了不要紧，可别把别人给耽误了。"班主任老秦接着又说了这么一句。

"越界了，突破底线了，伤自尊了，是我我就跟她干了。"这句话出自事后诸葛谢小希。

但大哥之所以成为大哥，原因之一，是口才好。

"秦老师，"周小昱正了正嗓音，对班主任老秦说，"何谓耽误？唯物主义理论教我们要以辩证的角度去看问题，您说我耽误别人，本就是片面的说法，再者，即便您断定我耽误了别人，那您是否排除了其他因素的影响，做一个小小的生物试验尚且需要至少两组对照试验组，人活在这个复杂多变的世界，怎么在您口中，我就成了那个唯一的变量呢？"

说实话，周小昱当时这段话把我绕晕了。谢小希一个劲儿地给我使眼色，那意思我估计是想让我带头鼓个掌叫个好。

"说得好！"终于还是有人叫好了，用脚趾都能猜得出是谁。但是掌声并没有持续多久，卢小菲眼疾手快把李小宏接下去的动作拦了下来。

不过那声叫好，已经够点燃班主任老秦的炸药桶了。

"好啊！你们是要造反啊！"

"秦老师，您觉得我说的哪里有不妥，您可以指出来，但是别给我乱扣帽子。"周小昱指着黑板上挂着的五星红旗，接着说，"跟它，才能称作造反，秦老师您用词要严谨。"

班主任老秦似乎已经出离愤怒了，说，不知如何再说下去；打，不仅打不得，也打不动。于是她拿出了手机，当着全班人的面，拨通了周小昱他爸的电话。

"我们发现你儿子早恋，晚上你来学校接他放学吧！"当时流行的还是诺基亚的手机，班主任老秦用的则是一款翻盖机。手机盖"啪"的一声合上时，下课的铃声也正好响起。校园里"嗡"地响起了嘈杂的声音，其他班级的人像蜜蜂一样涌出教室的前门和后门。

我们班上，没有一个人动。

班主任老秦没动，周小昱也没有动，两人就这般对峙着。

最后不知是谁，鼓起勇气问了一句："秦老师，下课了吗？"在老秦怒火中烧的嘶吼声中，我们班上终于有人开始走出教室。周小昱猛砸了一下课桌，从后门走了出去。而班主任老秦在周小昱摔门而出几十秒后，才走回讲台，收拾讲义从前门走出。

"今天怎么会搞成这样？"李小宏跑来问我和谢小希。

"我还想知道呢！"我转而问谢小希，"早上小昱被叫去办公室说了什么？"

"问小菲，小菲在。"李小宏抢着回答。

"把小菲叫来。"我对李小宏说。

然而卢小菲被小宏拉过来后，却一个字也不肯透露。她听见了早上办公室里老师们对周小昱说的话，可她就是一个字也不告诉我们，尽管她是一个多么憋不住话的人。

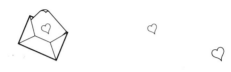

填空题

　　周小昱同我们一样，是 1992 年生人，但是大哥月份最早，1 月份。听说在那个月份出生的人都比较尴尬，跟 1991 年的一起上学，小了点。跟 1992 的一起上学，又耽搁了。

　　总之，比较伤脑筋。但我觉得周小昱应该是很庆幸晚上学的，不然他就碰不见后来的穆小珊了。

　　从我个人直观的感受上来说，高中的恋情似乎比较让人刻骨铭心且念念不忘。不过我的样本实在稀少，不足以支撑任何观点，但总能说明一些问题。我的另一个观点是，在读书占据了百分之六十以上时间的高中岁月，一个人似乎很难记不得除了学习之外发生的事情。

　　但是一段老师眼中的早恋能够闹到满城风雨的地步，也并不是每一个高中生都能享有的独特体验。

　　也许周小昱和穆小珊都不愿意以这样轰动的方式被载入我校长达 70 年的校史，可是，事情还是发生了。

　　那天周小昱的父亲确实来到了学校，在班主任老秦的办公室里，不由分说先扇了周小昱两个结实的耳光：究竟早没早恋、早恋错没错先放一边，老师打电话让领人，丢人，就该打。

　　当然了，这个逻辑是我自己猜测的。因为趴在办公室窗边的我和李小宏、谢小希确实看见周小昱的爸爸风风火火地冲进办公室，又风风火火地抽起了嘴巴子，甚至连班主任老秦都显得有些惊讶。

　　"小昱他爸，你先别这么激动。"班主任老秦先拉了拉周小昱的爸爸，因为看样子他爸要开始解裤腰带了。

　　带着铁扣的皮腰带，光是想想，就十分酸爽。

　　"小崽子丢人现眼，我先抽他一顿。"小昱他爸坚持要解裤腰带。

　　"住手！"班主任老秦毕竟还是江湖老手，控场能力那还是有的，"小昱他爸，你先听我把事情的来龙去脉告诉你，你再把小昱带回家，好好教育教育。"

　　小昱他爸停下了解裤腰带的手，略显诧异地问班主任老秦，"秦老师，你不是叫我过来打他的？"

　　"我怎么会叫你来打孩子呢？"秦老师的表情也很诧异，两人活像在照镜子。

　　"那您有问题直接在电话里说就可以了。"小昱他爸拉了一条凳子，终于坐下开始休息，他对班主任老秦说："不揍人，叫我到学校干什么呢？"

　　当时窗外的我们三个人达成了共识，即班主任老秦似乎有点招架不住小昱他爸的路数。该怎么往下接这个话呢？摆在班主任老秦面前的，绝不是一个简单的问题。如果答不好，班主任老秦在周小昱心目中的威信将进一步受损，搞不好还会把周小昱他爸搞毛了。如果答好了呢？我们三人一致认为，班主任老秦根本就不可能答好。

　　但事实证明，生活总是充满了意外和惊喜。

　　"之前电话里跟你说我们发现小昱早恋，小昱早恋的对象是穆小珊，小珊的爸爸应该和你是同事吧？"班主任老秦看来没少做准备工作。

"准确地说，不是同事，是领导。"谢小希突然小声解释了这么一句。尴尬了。

"你跟小珊在搞对象？"小昱他爸问周小昱。

"没有。"周小昱回答得很坚定。

"那齐老师为什么说你和小珊搞对象？"

"是秦老师，秦老师她误会了。"

"秦老师，您为什么说小昱和小珊搞对象呢？"小昱他爸转而问班主任老秦。

"他俩在学校操场手牵手被我撞见了。"不知是秦老师羞于这么说还是怎样，总之这句话她说得磕磕巴巴，说服力比较弱。

"牵手就叫搞对象了吗？"周小昱顶了一句。

"闭嘴。"小昱他爸冲他说，"不搞对象就牵手那叫耍流氓，我宁愿你和人家搞对象，也不要耍流氓。"

小昱他爸说完，又问班主任老秦："秦老师，牵手有很多种情况，我不赞成早恋，但是也不想冤枉孩子，您还看到过别的什么情景吗？"

说实话，当时小昱他爸说完这句话，我是无比佩服的。"情景"这个词说出来，让我感觉如果老秦不能描述出一幅她捉奸在床的香艳画面，小昱他爸是不会买账的。

"你们给周小昱配了一个手机对吧？"班主任老秦问道。

"对啊，小孩在外边，有个手机方便一些。"

"小昱每天上课都在玩手机，已经有好几个任课老师跟我反映这个问题了。"

"那这个和您说小昱搞对象，有什么关系吗？"小昱他爸的语气真是十分真诚。

"小昱他爸呀，小昱每天都拿着手机在跟穆小珊发短信，谈恋爱呀。"老秦或许是拿小昱和他爸父子俩都没有办法了。

"小昱你过来。"小昱他爸冲他招了招手，让小昱走近一些，"老师说的是不是真的？"

"一半真一半假。"

"哪一半真哪一半假？"

"玩手机不假，和穆小珊发短信不真。"

"那你玩手机都玩什么呢？"小昱他爸的这个问题比较难回答。那会儿手机不是黑白屏就是蓝屏，彩色屏的手机能算如今的 iPhone，还能播音乐的，那叫奢侈品。

周小昱用的手机和我们差不多，蓝屏手机，除了打电话发短信，实在找不出第三个用途。

"和小川他们发短信。"小昱几乎是不假思索地这么回答。

"你跟小川一个班，还天天一起上下学，上了课都还要互相发短信？"小昱他爸问了。

"上课无聊，就闲聊，也不光和小川一个人，还有小希、小宏他们。"

"绝对不是！"班主任老秦听不下去了，喊了这么一句，"绝对不可能！"

"秦老师您这是怎么了，怎么突然这么激动？"小昱他爸问道。

"我以我从教20年的经验担保，小昱每天就是在和穆小珊发短信，谈恋爱，根本没有好好学习！"班主任老秦的眼里似乎要喷出火来，我一点儿也不明白她当时为何突然如此激动。

"小昱，手机虽然是我买给你的，但是你爸我也没有权利随便翻看你的手机，"小昱他爸转而看了班主任老秦一眼，又接着对周小昱说，"但是你们齐老师坚持那么认为，你给齐老师和我一个满意的答复。"

沉默了，没有再纠正"齐老师"的错误发音，周小昱沉默了。因为事实就如班主任老秦说的那样，周小昱确实每天都在低着脑袋给穆小珊发短信。一天能发几十上百条，话费钱不知道找我们借了多少。

"拉清单！"沉默之后，率先爆发的还是班主任老秦，她对小昱他爸说，"到移动公司拉一张话费清单，你就全清楚了。"

周小昱仍旧没有说话。小昱他爸看着越来越激动的秦老师，打了一通电话。

"138 8546 ****，这个号码你记下，然后找移动公司的小刘，把这个号码从开始使用到今天的话费清单全部打出来，送给我，我在市一高教师办公楼七楼等你。对，现在。"

小昱他爸挂掉电话，对班主任老秦说："齐老师，他们搞话费清单可能要费点时间，要不您先忙您的事，清单送到了，我们再接着说？"

"小昱他爸，谢谢你的配合。"

"谢谢您才是，都是为了孩子好。"

"秦老师，我想去个厕所。"此前一直沉默的周小昱终于开口了。

"去吧。"

见周小昱出来，我们马上跟去了厕所。

谢小希嘴快，抢先问道："你爹真叫人拉清单了？"

"啊！"周小昱的语气像他的尿一样火大。

"这叫什么来着？别看今天闹得欢，小心将来拉清单。"我说道。

"出自《小兵张嘎》。"李小宏补充道。

"你们三个别烦了行吗？还出自《小兵张嘎》都说出来了，我现在火大着呢！"周小昱拉上裤子拉链，点了一根烟。

谢小希用手在鼻子前扇了扇："大哥，你火大，这我们都闻出来了。"

"现在你准备怎么办？"李小宏问道。

"等着清单呗，还能怎么样。"周小昱吸了一口烟之后，说话都变得云淡风轻了。

"那当时你怎么不拦着你爸？"谢小希又问道。

"我当时也蒙掉了，现在说这个还有什么用！"周小昱这已经不是云淡风轻了，简直是看破生死。

"清单拉出来，那你和穆小珊不就要分手了呀！"谢小希说。

"不会。"周小昱说。

"那准备？"

"转入地下。"

我的话音刚落，李小宏接着说："那还真成《小兵张嘎》了。"

挺悲情，略带浪漫的一件事，被李小宏说得很有民族色彩。

"谁手机给我，我给穆小珊发条短信。"

"用我的吧。"我把手机递给了周小昱。

周小昱发完短信后，就去了班主任老秦的办公室。那天晚上天空很透，天色一点儿也不黑，是肉眼就能分辨出来的深深的蓝色。这样的天气，应该最适合和心爱的人一起轧马路，或者滚床单。当然，那时我们对滚床单还没有什么概念，能够一起轧马路，就已经是一种奢侈了。如果没有今天这件事，我可能就拉着花小枝逃课散步吃夜宵去了。

想到花小枝，我突然想起应该叫她来学习学习前辈应对这类事件的先进经验，于是发了条短信让她也翘掉最后节自习课。

一般最后一节自习课时任课老师或者班主任早已经回家了，只剩督查组的老师在教学区巡逻，教师办公区基本是无人管辖的地带。花小枝来时，那张所谓的话费清单还没有送来。

见花小枝来了，李小宏忙问："小菲怎么没有和你一起来？"

"想她来直接叫啊！"谢小希说。

"小菲不来了，她说看见小昱他爸就发怵。"花小枝回答道。

"还有卢小菲怕的东西呢？"我说。

"怎么说话呢，什么叫东西……"谢小希一脸坏笑。

听谢小希说完，花小枝也是一脸坏笑地看着谢小希，她说："你怎么不问问裘小星为什么也没来？"

"我没叫她。"谢小希含含糊糊敷衍了一句。

"是吗？"花小枝笑得都快合不拢嘴了，"希哥，没叫和叫了不来差别还是挺大的。"

谢小希挠挠头，打算打哈哈把这页翻过去。

"裴小星会来就怪了，下了晚自习都还要再自学半个小时的人，怎么会浪费时间在这种事上。"李小宏分析得头头是道。

"小宏，注意你的措辞，什么叫这种事，这种也是大事好吧。"我说。

我刚说完，花小枝却轻敲了我额头一下："别人不关心的，都是小事。"

挨了打之后我连连点头："是是是，裴小星那个学习劲头我也是佩服得厉害，那也是得说天赋不够，你看小枝成天跟我们厮混在一起，成绩不也是第一第二的嘛！

"你别瞎捧我，"花小枝又弹了一下我的脑门，"要是没你，我能直接保送国外高等学府。"

听花小枝说完，李小宏没憋住笑，轻声笑了出来，谢小希则很解气地对我说："叫你嘚瑟！"

我们几个人正闲聊着，谢小希眼尖，看见校门口跑进来一个人，一身黑衣服，身后还飘着好几条白带。

"那是个什么玩意儿？"谢小希指着远处地面上的人问我们。

"搞不好是清单到了。"我说。

"看奔跑的方向，应该是。"李小宏分析道。

等到那个人跑得近了，我看得更真切一些。"我×！"我忍不住叫出了声音。

"谁在外面？"班主任老秦听见我的声音，应声而出，我们几个人只好往楼下跑。在楼道里，正好撞见那个人，比我在楼上看见的还要震撼。

那个人穿着一身西装，衣服口袋、裤子口袋里全塞满了鼓鼓的卷成一卷一卷的话费清单，有的清单一头已经飞了出来，他整个人就像一只低空飞行的八爪鱼。而更令人惊叹的是，那个人的手里还捧着一摞话费清单。

我们几个下到楼梯口，我问李小宏："大哥那号码用了多久了？"

"去年5月用的，到现在还不满一年。"李小宏显然也是被大哥的清单震惊到了。

"我一个月加起来也没有那么一卷啊！刚才那人手里大概得有上百卷？"谢小希说话的语气都有一点飘忽了。

"一百卷肯定有，妈的有点吓人，大哥原来这么话痨啊？"我也觉得不可思议。

"你好意思说别人呢？"花小枝又坏笑地看着我，她说，"你和我刚用手机那会儿，估计也和大哥差不多。"

"我跟裘小星就没那么多话。"谢小希似乎在自言自语着什么。

"废话，你跟裘小星就没有谈恋爱好吗？"我对谢小希说。

"别说了，你们看上面。"花小枝突然说。

我们抬头，从我们下来的楼层垂下一条又一条的白色纸条，有的纸条足足有三层楼这么高。一条接着一条，一条接着一条，整层楼的过道上贴得满满当当。保守估计，我们四个人仰着头看了起码有五分钟，才没有新的纸条垂下来。

"太震撼了，这已经超脱话痨的水平了。"谢小希仰头赞叹，情不自禁地鼓起了掌。

"这是什么情况？"李小宏问出了我们都想问的问题。

"会不会有点过分了？"花小枝问道。

"走，上去看看。"说着我就先上了楼梯，可刚上去没两步，我就退了下来。我看见周小昱和他爸还有刚才千里送清单的小哥下来了。

"躲！"

这一躲，时间就来到了第二天。从学校教师办公楼七楼往下，垂下来无数条长短不一的纸条，短的，有一层楼那么高；长的，有三层楼那么高。

没有任何通知，告知我们那些东西是什么。

但是也没有任何迹象表明有人会把那些纸条清理掉。

"这玩意儿，得被老秦挂几天？"周小昱、谢小希、李小宏、我，我们四人顶着朝阳，在耀眼日光中并排斜着脑袋看着那些纸条。

"两三天吧，老秦气消了就完事了。"周小昱说得满不在乎。

"那你爹怎么说你的？"谢小希问。

"我爹骂我没担当。"

"啥？"

"我爹说，'谈恋爱，谈了就谈了，承认怕什么，你早承认，这些清单就不会被挂出来，还好秦老师不点名道姓，不然小珊怎么办？'"

"嗯……"我们三人齐点头，"你爸是个好岳父。"

周小昱没接我们的话，自顾自地说："老秦也真是小气，都几十岁人了。"

"更年期，我们要理解，理解万岁。"我说。

"更年期？我们还青春期呢，有人理解我们吗？"不知道为什么谢小希对这个问题特别敏感。

没有人说话了。

那些密密麻麻的白色清单还在随着微风在办公大楼上飘扬着，像是八爪鱼的触手，与操场上的五星红旗相映成趣。

附加题

　　周小昱和穆小珊究竟每天通过手机彼此发送多少条短信，已经无从考证。而在那个微信还没有被开发出来的年月，周小昱和穆小珊似乎成为情侣之间的一个标准，每月的电话清单不够，那说明感情还没有到位。

　　但是他们所不知道的是，就算电话清单够了，感情说散也还是会散的。

　　周小昱和穆小珊是在大学时候散的。高中毕业没散，异地谈了四年，终于还是散了。

　　学生时期的爱情大多如此：善于死扛，好不容易要熬出头，说放弃就放弃，说分开就分开，坚决无比，坚决得就像当初不顾一切反对也要在一起一般。

　　所以说，早恋其实挺伤神的，不仅伤神，对周小昱来说，还伤身。

　　听闻周小昱分手那段时间，醉酒、乱性、打人，常常发生。而根据我的了解，那时 1 斤白酒下肚的周小昱还能清醒地打牌出老千不被别人抓到。

　　所以如果周小昱醉酒了，那必定是喝了很夸张的斤两，夸张到这些斤两如果用等量的凉白开做参照，也能撑死人。

至于打架，那就是家常便饭了，即使在周小昱没有分手的时候，我也常接到他微醺的电话，胡乱说着又把谁给胖揍了一顿。当然，也不全是周小昱揍别人，偶尔，他也有挨揍的时候。

我记得那年冬天，半夜我接到了周小昱的电话，他那天声音很轻，电话一接通就嘱咐我一堆破事，诸如银行卡密码、给他爹妈带话之类的。我问他出了什么事情，他说他在躲刀。我问什么是躲刀，他说现在有帮人提着西瓜刀满大街在找他。我问他在哪儿，他说在一家商店的冰柜里。周小昱当时让我记住他说的话，然后就挂掉了电话。直至第二天下午他才用其他号码打给我说，妈的人没冻挂手机冻挂了。

所以那时我们都很担心周小昱，生怕他再生出什么事来。周小昱不喝酒，我们一点不用操心，不喝酒的周小昱又叫周半城，下到地痞混混，上到处级干部，路上碰见熟人就能寒暄半小时。但是听闻周小昱如此夜夜大醉，我和谢小希还有李小宏商量，一起去陪陪周小昱，最重要的，是看住他别出大乱子。

我们三人计划是同一天到达，感觉这样集体出现比较有视觉上的震撼。我本来应该是当天第一个到达的，可是航班无限期晚点，结果我比距离最远并且是坐火车的谢小希到的还要晚。等我到达的时候，在周小昱学校门口接我的却是周小昱的一个室友。

"请问是王小川吧？"那位同学一副文质彬彬的模样，说话语气也挺客气。我点头："怎么称呼？"他说："叫我小宇吧，跟我来。"

"小昱说他不在寝室，他上哪儿去了你知道吗？"路上我问小宇。

小宇却回答我说："周小昱根本就没出去，一直待在寝室。早上来了两个人，据说和你一样都是小昱的老同学。"

"那仨，现在斗地主呢吧？"我问道。

小宇哈哈笑了起来，他说："是的，斗一下午了，一直在说等你来了打麻将。"

"你不会打啊？"我问道。

"不会，不光我不会，除了小昱，另外两个室友也不会。"

"那小昱这大学生活够惨的。"

听我说完，小宇也没再说什么，领我上了楼。周小昱他们学校寝室管得挺松，一没有醒目告示二没有宿管大妈，想必日常生活是比较轻松愉快的。不过那时已是毕业季，整栋宿舍楼里空空荡荡的没什么人。

"毕业季了，够冷清啊！"我一边说着，一边掏出了烟，"抽烟的吧？"

"嗯。"小宇接过烟，掏出打火机准备先给我点火，我伸手拦住："别客气，我自己来。"

"小昱最近经常喝醉吧？"两口烟入肺，我精神了许多。

"不是经常，是天天。"从小宇的神色里看得出他也挺担心大哥的，"不过小昱又不愁工作，疯也就疯这段吧，我们也管不了他。"

"没事儿，我们来治他。"

"那最好了，再过两天我也该出去了，就剩他一个人在寝室，还是挺不放心的。"

听着小宇慢条斯理地说着，我不禁笑了出来，我对他说："放心去，周小昱我们看着。"

话说完，也到了房间门口。在门口，我就听见谢小希叫地主的声音："哎！三大必抢，我其实不想要这把地主的。"

"去你妈的！"在大哥的咒骂声中，我和小宇推开了房间门。

谢小希和李小宏抬头看了一眼，周小昱则眼睛也没抬，叼着烟眯着眼说了一句："来了？"

"二十几个小时的飞机，你是从国外飞来的？"谢小希问我。

"那也总比挤绿皮火车强。"我呛道。

"挤个屁，火车上就没几个人，横着随便躺，眼睛一闭一睁，到了。"谢小希一边说着一边还比画着动作。

"行了，别嘚瑟了。"周小昱掐灭了手头的烟，表情显得很无奈，"从早上你他妈就开始说，一直说到现在，先打牌，对5，要不要？"

"不要。"周小昱这么一抱怨，谢小希话就少了。

"小宏呢？"周小昱接着问。

"要，对鬼。"

"炸了？！"李小宏的鬼炸还没下来，谢小希先豂毛了。

"对啊，有什么问题吗？"李小宏还挺困惑。

"没问题。"周小昱把台面上正面朝上的牌都翻转了过来，示意李小宏接着出牌。

"345678910JQKA。"

"报牌没有？"谢小希问。

"还没。"

"那接着出。"

"3个2，出完了。"

周小昱和谢小希看着台面上的牌，各自点了一支烟，回味着。"中场休息，腰疼。"谢小希休战了。

当然了，我看得出谢小希的小心思。"先把钱结了。"我对他说。

谢小希没理我，跑到阳台上去抽烟了。此时我才有空闲下来观察周小昱的寝室，和大多数大学的寝室别无二样，但是，周小昱的寝室明显干净很多，如果不是因为谢小希和李小宏拉着打牌搞得有些乌烟瘴气，应该还会更干净。

这明显不是大哥的做派，我猜可能是这个小宇的功劳，这样想来，大哥的大学生涯，至少寝室生活，确实是挺让人心疼的。

周小昱的烟抽完之后，站起身，伸了个懒腰，竟然还打了一个酒意十足的嗝，说："走，吃饭去。"

相较于谢小希，我似乎没有资格以旅途劳顿这样的理由推托，虽然我真的一点也不想动弹。当然，还有一点，不能因为走得太久就忘记了为什么出发。

吃饭的地方在周小昱学校附近的一家海鲜烧烤店里。毫无例外地，在中国每一所大学的旁边，都会有一条门面不太像样，但味道值得回味的小吃街。

活鲜现杀现烤，谢小希和李小宏把店里摆出来的品种全点了一遍，一点也不含糊。周小昱提议要喝酒，我们几个不答应，好不容易劝住了，上菜时老板娘却说："这么大一桌烧烤，怎么能连瓶酒都没有呢？"

气氛比较尴尬，最初谁也没有接话，后来希哥还是没忍住，说了一句："我们吃素。"

希哥话音落下，老板娘脸上的神情已经变得难以用一个词来形容，一脸"难道老娘卖了这么多年海鲜其实卖的都是海藻"的表情。

"啤酒、白酒喝多了没意思，拿几瓶特色海马酒吧。"周小昱顺势对老板娘说。

"好。"老板娘的表情算是恢复了正常，"小伙子喝海马酒，补得很。"

老板娘走后，李小宏小声问谢小希："什么叫补得很？"

"就是好吃得很。"我说。

"好吃个屁，补得很，就是壮阳的意思。"周小昱解释得比较粗暴。

"几个大男人，喝那个酒干吗？"谢小希问道。

"壮阳啊！晚上带你们去潇洒。"我看见周小昱给小宇使了个眼色，小宇就借口有事先走了。

"别潇洒了，累一天了，晚上回去打会儿麻将。"我说。

"就是，小宏要是去那种地方，被小菲知道了还有命吗？"谢小希摇着头，似乎在想象卢小菲提着西瓜刀满大街追李小宏砍的画面。

"你闭嘴，说得你敢去一样，你去了裘小星不照样削你？"我说。

谢小希打了个冷战，他说："晚上打麻将，下午斗地主输了，晚上总要让我回点本嘛！"

这时候，老板娘的海马酒上来了，一共五瓶，周小昱让老板娘拿回去一瓶，还剩四瓶，推给我两瓶，给他自己留了两瓶。"今晚你俩就在寝室休息，我和小川去潇洒。"周小昱对谢小希和李小宏说。

毕竟，现在我和周小昱一样，都是单身的人。晚上真要去潇洒，理论上来说，应该没有任何的心理负担。

谢小希没有听从周小昱的安排，从周小昱和我面前各拿走一瓶海马酒，一瓶留给自己，一瓶推给了李小宏。"那我和小宏不他妈白来了？"谢小希说着拧开了瓶盖。

说实话，海马酒的味道是真难闻，也真难喝。整瓶海马酒也就一个一次性塑料杯的容量，大概二两。即使对于酒量不济的李小宏来说，二两三十来度的酿酒，喝下肚也通常是没有问题的。

但那晚，问题就出在"通常"两个字上。事后想来，周小昱那天安排去那家海鲜烧烤店吃饭，应该是有意为之。我们各自的那一瓶海马酒下肚之后，李小宏率先不行了，烤生蚝还没有等到，已经趴在桌子上睡着了。谢小希几乎把全部的二两喝完，海鲜可能吃了一半的品种，也撑不住，倒下了。

最后就剩我和周小昱，我也已经快要撑不住了，我对他说："到此为止，我他妈还想吃剩下的海鲜。"

"这也就二两酒，"周小昱冲着柜台喊道，"老板娘，再来两瓶海马酒。"

老板娘上酒的速度倒是比上菜的速度快了许多，我看着新上来的两瓶海马酒，欲哭无泪，却又实在没有力气劝阻周小昱别再喝下去，也实在没有勇气再喝下去。

最后我一手杵着一个海马酒酒瓶,对周小昱说:"大哥,你牛×,我们换啤的,怎么样?"

"哎呀,这海马酒好着呢,你还没品出滋味来。"周小昱还不情愿。

我只好接着说:"我们仨跑来拦着你喝酒是我们不对,但是求你别再拿海马酒折磨我了,喝这玩意儿到底壮不壮阳我不敢说,但是喝了没力气上床我是敢肯定的。"其实,能一口气说出这么一段话,我都挺佩服当时的自己的。

周小昱默默地点燃一支烟,递给我,然后又点了一支自己抽了起来。姿势与神态,有一种风韵,但我说不上来,像仙风道骨的道家气息,与这里的环境格格不入。我忍不住对周小昱说:"大哥,我觉得你今晚特别有仙气。"

"啥?"

"你今晚有仙气,感觉你周围都有一种特别的气息。"

周小昱打量了一下自己周围,又扭头看了一眼背后,对我说:"小川,那是他妈我背后的烧烤师傅油放大了,烟大。"

我正伸直了脑袋想看看周小昱所说的"师傅油放大了"是怎么回事,又听见周小昱说:"你现在酒量怎么变这么差?和花小枝分手了我琢磨你的酒量应该见长才对啊!"

"你以为谁都跟你一样啊!分手了夜夜买醉。"我硬着头皮把杯子里还剩下的两口海马酒一饮而尽,接着说,"一没你那身体跟酒量,二没那个钱。"

"三没我这么憋屈。"周小昱补充道。

"说来听听,穆小珊怎么让你憋屈了。"

"你先喝三杯我再说。"

"不喝,这海马酒你就是把刀架在我脖子上,我也不会再喝了。"

"老板娘，来一件啤酒。"周小昱还是决定换啤酒，"啤的，总该愿意喝了吧？"周小昱对我说。

"那我也不喝。"

"你现在怎么这么难伺候，那你说怎么搞？"

"不喝，都不喝了！他妈二十好几的男人了，分个手天天买醉，矫情不矫情。"

周小昱正在往杯子里倒啤酒的手迟疑了片刻，却又接着倒，直到啤酒泡沫涌出杯沿。"你不懂。"周小昱淡淡地对我说了这么一句。

"对，我不懂，我不懂你有必要这么消沉吗？"

"那什么叫不消沉呢？"周小昱反问我，"跟所有人一样出去找工作吗？我工作爹妈已经给我搞定了啊！出去旅个游？没问题，可现在他妈谁陪我去啊！难不成要我看书学习？不至于吧。那你告诉我我还能做什么？"

"你和穆小珊，是真的没有可能了吗？"

"没有了。"周小昱说完，忽然拧开还没喝的那两瓶海马酒，一口气干完，我甚至还没来得及拦住他。

"今年年底，她全家移民新西兰。说到底，还是我不争气，这几年让她太失望了。但是能坚持到现在，我觉得自己赚到了，不过话又说回来，也算是把人家耽误了。"周小昱这几句话说得有条不紊，一点也不像刚吹了两瓶味同"要你命三千"般的海马酒。

"想想大学厮混这些年，认识的人不少，交的朋友也不少，见识也长进了不少，可是，到头来把自己的女人弄丢了。"

听完周小昱的话，在我心头，也是千头万绪，我默默地喝了几杯啤酒，开口却说道："新西兰是个好地方。"

"废话！"

"穆小珊是个好姑娘。"

"废话！"

"周小昱是个大傻×。"

"你才傻×。"

"嘿，我就是傻×。"从这句话起，我的酒劲儿彻底上来了。本来此行是为了让周小昱不再夜夜买醉，可我们仨刚到的第一夜，截至现在，不省人事两位，即将不省人事，一位。

周小昱一时无话，又闷声喝了好几杯啤酒，最后他说："其实像你这样憋在心里，比我更难受吧？"

周小昱说完，我记得当时的我默默地流下了眼泪，再一次本末倒置，本是千里迢迢跑来开解周小昱的我，却被周小昱一个问句弄得难堪不已。

"起码不扰民。"我擦了擦眼泪，对周小昱说。

周小昱问我："花小枝是考研还是找工作？"

"工作。"

"留北京？"

"留北京。"

"所以你俩就分手了？"

"也不全是这个原因。"

"你脑子是不是有泡？北京你有什么不愿意去的？"

"你脑子是不是有泡？我说了不全是这个原因。"

"那你们俩还能有什么原因？你像我这样整天在外面玩不给穆小珊打电话吗？你像我整天就喝酒、打架，运气又差，每次见穆小珊都挂彩吗？你像我整天吊儿郎当让穆小珊根本看不见未来吗？"周小昱越说越激动，像是在做诗朗诵。

"这倒没有。"

"那你他妈到底有什么毛病？"

面对周小昱的质问，我能想到的最贴切的回答是："可能花小枝觉得，我爱她并没有她爱我这么多吧。"

之后，我和周小昱再无话，默默地一杯接一杯，一瓶接一瓶地喝酒，直到我意识模糊，终于忍不住，也倒头睡了过去。

标准答案

　　每次和周小昱喝酒，从酒醉中醒来，总是会出现在各种稀奇古怪的地方。我记得第一次和周小昱喝白酒，两个人最后睡在两栋居民楼中间堆放垃圾的地方，醒来之后努力回想，之所以会来这里，是因为周小昱觉得这里这么多垃圾袋，看起来睡着暖和。还有一次，我们几个出去玩，在一家小饭馆喝酒，全喝趴下，醒来之后发现四个人睡成一个正方形，在别人家屋顶，人拴在屋顶上的大黑狗被我们用电线绑在了避雷针上。

　　而这一次呢，当我睁开眼睛的时候，我还是感到比较庆幸的，因为这一次我确信我们没有睡在露天场所。

　　但是略显昏暗的光线又让我产生了一丝丝恐慌：恐怕还不如睡大街上。

　　房间里只有一张床，也只有我一个人，里面的设施看起来略显破旧。这旅馆有些年头了，当时我这么想着。不过周小昱醉酒后的品位一直比较独特，我也没有太在意，只是暗自庆幸这么破的旅店还好一人一间。

　　我看见桌上有茶叶包，突然感觉喉咙发干，准备泡壶茶来喝。我拎着烧水壶去卫生间，一推开门，一个赤身裸体的女人正对着卫生间里的镜子化妆。看我进来，她斜眼瞄了一眼镜子里的我，没说话，抹了一道口红抿唇看着我。

当时我吓了一跳，本来还有点昏沉的脑袋瞬间清醒，水壶差点儿掉在了地上。

"你是？"

"不认识我了？"镜子里的女人略显邪魅地笑了起来。

当时我在想，周小昱是不是真的履行了他的诺言，带我们来潇洒了。

"这是哪儿？"我问道。

"蓬莱旅馆。"

"我怎么会在这儿？"

"不知道，我来的时候，你已经在这儿了。"

"那咱俩？"后面的动词我实在开不了口，只好一个劲儿地瞎比画。

"没有，我被叫来的时候你已经不省人事了。"

"谁叫你来的？"

"小昱。"

"周小昱吧？"

"嗯。"

"他一共叫了几个？"

"5个。"

"5个？没记错我们应该就4个人吧？"

"对，但小昱自己要了两个。"

那时的我脑袋有些发蒙，只好回到床上坐着休息。没过多久，里面的女人提着水壶出来了，她把水壶放在加热器上，点开开关，然后在椅子上坐下。

她仍然没有穿上任何衣服，长发还是恰如其分地垂在她的胸前，她跷着二郎腿，落地的左脚轻轻踮着脚尖。

"你叫什么名字？"我问她。

"小琪。"

"我叫小川。"

"我知道，小昱昨晚说了。"

"那你多大了？"

"25。"

"啥？"

"怎么了？"

"没事儿，姐姐。"

听我叫她姐姐，她扑哧笑了出来，说："你和小昱差不多大吧？"

"同岁，他比我大几个月而已。"

"那另外两个朋友呢？"

"都一样，都是92年的。"说到谢小希和李小宏，我突然想到对做爱一事近乎有着洁癖的二人，待会儿醒来会不会疯掉。

"那两个人的，不会真的，那个了吧？那俩，你知道吧，那个。"我使劲儿地比画，希望小琪能够理解。

见我窘迫的样子，小琪哈哈笑了出来，她说："小昱只是让她们照顾两个人躺下睡觉，昨晚就走了。"

"我俩确定也没那啥对吧？"看着笑得甜美的小琪，我还是忍不住问道。

"没有，你睡得太死了，我就只好在这椅子上熬了一夜。"说着，小琪敲了敲屁股下面的红木椅子，声音清脆。

听见梆梆作响的敲击声，我感觉有些心疼，于是我对小琪说："那你现在来床上躺会儿，我下去买点吃的上来。"

小琪没有说话，还是跷着二郎腿，她看着我，撩开了身前的长发，说："我的任务还没有完成呢。"

我看着小琪赤裸的身体以及她扭出来的性感造型，咽了一口唾沫，"那个，这下面，是有早餐卖的吧？"

"有啊！"就在小琪回答我的瞬间，她全身蜷成一团，跳上了床，将薄薄的白色床单裹在了身上。

"你想吃什么？"

"楼下有一家米馆，我想吃米粉。"

"叫什么名字？你吃什么口味？"

"就一家，你下楼就能看见。你说是给小琪带的，就行了。"

当地的米粉很有特色，有细粉，也有宽粉，小琪要的是细粉。在热锅里滚烫不到一分钟，就被捞了起来。碗里盛进猪骨熬的高汤，放些软膜还有辣椒，再撒上些葱花，就算大功告成。

我怕小琪等，也没再挑其他早餐，于是就带了两碗米粉回去。到的时候小琪已经躺在床上睡着了，夹着床单，一侧身子完全裸露在我的视线之中。那时阳光也充沛起来，从窗帘的缝隙中进来，于是小琪就如同画中的人物一般。我将两碗米粉放在桌上，烧的水也开了，我沏了一杯茶，坐在椅子上，看着床上入睡的小琪。

小琪是个漂亮的姑娘，伴随着轻微的呼吸声，这个漂亮的姑娘睡觉时显得如此可爱。米粉的香气从没有密封的塑料袋中飘散出来，整个房间里充斥着油盐葱花的气味，不得不说，气味与氛围并不十分搭调，但却十分融洽。

窗外拂起微风，吹动窗帘，房间里的光线也忽地一明一暗。在一明一暗之中，小琪醒了过来。她看见坐在椅子上的我，对我说："怎么不把我叫醒？"

"看你睡得很香，不忍心。"

"粉都凉了吧？"

"应该还没有，现在吃吗？"

小琪下了床，把头发挽起别在脑后。这一次她的身体完完全全赤裸地出现在了我眼前。

"要不，你还是穿上衣服吃吧？"

"怎么了？我这样不好看吗？"

"好看，但是米粉太烫，要是吃着吃着溅到这么白白嫩嫩的皮肤上，多可惜。"

小琪笑了，她转身从床上扯下床单，又裹在了身上。"我们一起吃吧。"她说。

吃粉的时候，我和小琪闲聊了许多关于周小昱的事情。小琪说她是在工作的时候认识小昱的，小昱虽然不是常客，却给小琪留下了很深的印象。我问为什么，小琪说她也不清楚，大概是感觉吧。女生一旦扯到感觉，那这事多半是扯不清的，我也不愿再扯下去。

吃完米粉，我靠在椅子上，还差一支烟，就能重获新生。"介意我抽烟吗？"我问小琪。

"抽吧。"小琪还在喝着粉汤，一脸认真。

等到小琪把她的那碗粉吃得干干净净，我的烟也抽到了过滤嘴。小琪擦了擦嘴唇，对我说："什么时候让我把工作做完？"

我笑了笑："昨晚已经做过了，你还要主动申请加班吗？"

"做过了？"小琪皱起了她那张清秀的小脸，问我，"你不是想恶意拖欠工资吧？"

看着小琪的表情，我忍不住又笑了出来，对她说："不然你以为我为什么请你吃粉？"

看着我嬉皮笑脸的样子，小琪也猜不出是真还是假，她嘟着嘴盘坐在床上，床单从肩头滑落，露出半截身体来。

"小琪你真漂亮。"我看着小琪的侧脸，情不自禁地说出了口。

"哼！"小琪瞥了我一眼，扯上了床单，说，"再漂亮在你这儿就值一碗米粉。"

"开个玩笑。"我笑着对小琪说，"我真的没有那个想法，这些都是小昱自作主张安排的，他的好意我心领了，你的善解人意我更是佩服得五体投地。"

小琪正准备开口对我说些什么，我又继续对她说道："钱正常结，一分不会少。"

听我说完，小琪脸上的表情消失了，无论是笑意还是娇嗔，全都没有了。她说："钱我不要，米粉多少钱，我还给你。"

我一时有点"蒙圈"，不知说什么好。此时小琪已经起身在穿衣服，一条纯黑的内裤、一条连衣裙，再戴上发箍，小琪是我见过穿衣服最快的女生。

"等会儿。"我拉住小琪，却还是不知道该说什么好。

"你想说什么？"手腕被我抓住的她低头问我。

"现在后悔，还来得及吗？"我抬起头来看着小琪，小琪用力挣开我的手，说道："来不及了！"

眼看小琪开门就要出去，我一把把裤子脱了下来，一身光溜溜地堵在小琪身前。

看着我赤身裸体突然挡在面前，小琪先是瞪大了双眼，随后不可遏制地笑了出来，真的笑，笑出声。

我抱起小琪扔在床上，拉上窗帘，开始了早晨的一番云雨。我相信小琪并没有她口中说的岁数那么大，或许她谎报年龄完全是因为周小昱给她交代了一番，诸如这个人有恋母情结之类的话。

怎么说呢，小琪还很稚嫩。但稚嫩并不表示不完美，稚嫩本身就是一种完美。

在事后，我点起一根所谓的事后烟时，突然一种不可言说的空虚涌上我的心头。

　　我突然觉得今天的行径对花小枝而言是一种不折不扣的背叛，但从情理上来说，分手以后做的事情又与花小枝毫无关系了。我忽然间有些理解周小昱的状态，"无意义的自我坚守"还是"背负自责的自我放纵"，确实难以找到一个平衡点。

　　我并不期望从小琪那里得到什么答案，但我还是忍不住向她提出了一个问题，我问她："如果我还爱着我的前女友，那我和你之间做的事情算是背叛吗？"

　　"前女友？"

　　"对的，前女友。"

　　"像小昱的那样？"

　　"谁的前女友还不都一样？"

　　"不一样，小昱的前女友是他自己犯错搞丢的。"

　　"我的也是自己犯错搞丢的。"

　　"那就谈不上背叛。"

　　我听着小琪的逻辑，乐了，我问她："那什么情况算得上背叛呢？"

　　"你和你女朋友因为你和我乱搞分手了，然后我们两个人还在一起了，那你天天和我做的事情就算是背叛。"小琪一本正经地回答着我，彻头彻尾像是教育一个小学生一般。

　　我笑了，说："天天做那事，身体也吃不消。"

　　小琪没有理会我的玩笑，接着问道："你还想着你的前女友吗？"

　　"偶尔会想起吧。"我稍微思考了一下，回答小琪道。

　　"不信，肯定天天想。"

　　"天天想那也太夸张了，我又不是周小昱。"

　　"小昱可被伤得不轻，最开始那阵儿，天天喝酒，喝完就念诗，开始我们还听得懂他念的什么诗，到后来就听不懂了。"小琪略有所思，似乎在回忆周小昱曾经都吟唱过什么诗歌。

"他还打人呢吧？我听说。"

"嗯，打住院的就有两个，不过都是些小混混，普通人拿小昱也没有办法。"

"小昱这混社会的本事确实是强。"

小琪突然趴到了我身上，揭开我们盖着的床单，她说："买一送一，你要吗？"

"不要了。"我想起昨晚喝的海马酒，确实一点药效都没有。

"真的？"小琪夹着我的双腿更加用力，嘴唇凑到了我的鼻尖。

我轻轻推开小琪，说："真来不了了。"

小琪笑着从我身上弹起，又快速地穿好衣服，说："我该走了。"

"好，多少钱？"我问道。

"你不用管，小昱会跟我算的。"

"那小昱在哪个房间？"

"就在你隔壁，左边，你另外两个朋友也在左边，都挨着的。"小琪说完，打开房门便要出去。我突然又叫住她，她回过头，眼里略有不解："怎么了？"语气温柔，如烟又如水。

"没什么。"我说，"再见。"

小琪走后，我去敲了周小昱的房门，没人应声。于是我又去敲了谢小希的房门，谢小希开门时脸上惊恐的表情一点儿也没有消散。我简单跟他说了昨晚的情况，谢小希脸上的表情变得更加难看，他表示对于大哥这种太过热情周到的人，以后一定要多加小心。紧接着我和谢小希去把李小宏给弄醒了，李小宏的房间简直惨不忍睹，吐了一地的海鲜，我赶紧把他拉回到谢小希的房间，把仍旧睡意蒙眬的他丢在了卫生间。谢小希觉得还不够，把莲蓬头给打开了。

凉水下的李小宏像一只软体动物一般直打战。"该不是漏电了吧？"

我问谢小希。谢小希奋力踩着卫生间地板上渗出来的洗澡水，踩得嗒嗒作响："漏电，漏电咱俩也早像小宏一样抽抽了好吗？"

"哎呀，希哥大早上火气别这么大嘛，要不给小宏开点热水？"

"还得费劲跟他调水温，麻烦，就冷的吧。"谢小希手里攥着莲蓬头，扭头看我，"小宏这体格，应该没问题吧？"

"问题倒是不大，但是万一呢，你打得过卢小菲吗？"

听见卢小菲的名字，我感觉谢小希不由自主地浑身打了一个哆嗦，然后他默默地调到了热水。

冲了有一会儿，李小宏终于醒了，不出所料，仍然是一脸"蒙圈"的表情。

"我们是来看大哥的，还是来陪大哥的啊？"在我对昨晚的情况做了第二遍转述之后，李小宏发出了来自灵魂深处的叩问。

晌午，周小昱的房里仍然没有任何动静，电话也一直是关机的状态。

"该不是早走了吧？"谢小希问道。

"那你去前台问问。"我对谢小希说。

没过多久，谢小希打来电话："咱们走吧，大哥一大早就退房了。"

我们三个人回到了周小昱的宿舍，只有小宇在。小宇见我们三人气势汹汹，还有点露怯。

"小昱人呢？"我问。

小宇瞪大了双眼，似乎者听见了什么匪夷所思的问题，他说："不会吧，你们十几年的好兄弟，小昱连你们都打啊？"

"啥？"

"哦哦，没事儿。"小宇拍了拍自己的胸口，"最近小昱打人打得实在太多了，隔三岔五就有人来寝室，开口就是'小昱人呢'，我都快有心理阴影了。"

"今早他回来过吗？"

"回来了，收拾了下东西，出门了。"

"去哪儿了？"

"不知道，他没说。"

那一次周小昱究竟去了哪里，一直是一个谜。我曾几次问起过，周小昱总是打哈哈敷衍过去。此后我也不再问了，但我问过一次周小昱有关小琪的事，周小昱则说他根本不认识什么小琪。我说是他晚上给我们叫的姑娘。周小昱说他没叫过什么姑娘，是我出现了幻觉。

从那以后，海马酒，我是再也不会喝了。

篇 四

离别的你我

离别的你我，

才明白挥霍有期限，

你一语，

你一言，

是我最眷恋。

——旅行团《逝去的歌》

>>>

查 分

　　我清楚地记得，在高考成绩出来的当天凌晨，我在周小昱的家里，用他的那台破电脑查了若干人的高考成绩。当然，这么做并不是因为我热心。我也本可以查到成绩之后骗骗他们，不过最终我还是没有那么做。

　　很多年以后我已经忘记了那天帮谁查到了多少分，我甚至连自己的高考分数都已经不记得了。但是那天的那种感觉，偶尔依然会绕上心头，那种发自内心的狂热情绪，比高考结束后的数日狂欢还要炙热。

　　那天夜里，周小昱他妈不在家，周小昱就躺在他家的木沙发上，姿势扭曲得并不像一个正常的人类。

　　"我觉得吧，"周小昱吐出的烟圈营造出一种二十世纪初大烟馆的奇妙氛围，"要是今晚出的成绩，我能上300，我就能跟我妈谈判，让我妈给家里装个空调。"

　　当时的我坐在电脑前，机械地敲击着键盘上的F5键，可IE浏览器上的页面却始终如一地空白着。我想如果上学的时候学校能多开几节电脑课，当时的我会换个Firefox或者Google Chrome试试。

"网太慢，根本就刷不出来。"我对周小昱说。

"这就不是网的问题，"说着周小昱从沙发上坐直身子，伸了个懒腰，"这是带宽的问题，查分数的人太多，带宽又不够，就卡了。"

听见周小昱的解释，我表示很惊讶，同时也很佩服，对他说："那就是网的问题。"

周小昱当时似乎还想跟我解释，但是一番内心挣扎之后，又放弃了。他走到电脑面前，裸着肚子，说："这是小珊的准考证号和身份证号。"周小昱拍了一张纸在我面前。

"穆小珊都不敢自己查成绩啊？"我问道。

"那倒不至于，我就是想比她早知道，然后告诉她。"周小昱说。

"你有病啊？"

"有，扁桃体发炎，最近妈的没人管，烟抽多了。"

"妈的，"我把键盘和鼠标推到周小昱面前，"自己查去。"

周小昱听后，一溜烟又躺回了沙发上，瘫倒如同一条死泥鳅，他说："反正你也要给花小枝查，不在乎多我和穆小珊两个人。"

我白了一眼周小昱，问他要了支烟。"我本来准备刷到凌晨两点，刷不出来就睡觉的。"我说。

听我抱怨完，周小昱像一朵喇叭花一样地笑了出来，还被自己吐的烟呛到，他说："小枝的成绩你要查不出来，还敢睡觉？"

我认真思考了周小昱的话，觉得可能性确实不怎么大，于是也不再说什么，继续敲着键盘。

敲了没多久，我手机上收到一条短信，打开来一看，全是数字。发短信的人，是谢小希。那一串数字我还没读明白是怎么回事，电话响了。

"我听说你在大哥家？"谢小希的声音。

"在，怎么了？"

"我的证件号发你短信了哈，帮我查个分。"

"自己查！"

"我在乡下呢，网吧都没有，怎么查啊？"

"我不管，反正我不查。"

"真不查？"

"真不查！"

"好！那我待会儿跟小枝打电话，请她帮我查！"

"你他妈哪儿学的这些损招？"

"别怪我，大哥教的，我先挂了哈。"没等我回话，谢小希就挂断了电话。以我的了解，谢小希是不在乎是否今晚就知道高考成绩的。

我当时掐了手里的烟，扭过头对周小昱说："你他妈闲啊你？"

周小昱仍旧云淡风轻地躺在沙发上，半个脑袋掉在沙发外面，说："别急。"

周小昱当然不是安慰我"别着急上火"的意思，因为接下来的几分钟里，我接到了李小宏、卢小菲还有裘小星的电话。毫无例外，都是让我帮忙给他们查分数的。我很不理解，对于李小宏来说，查分数有什么意义。在炸金花里有一种玩法，叫作"闷牌"，不看牌加价。于所有人而言，李小宏是有底气闷牌，并且把其他玩家吓趴下的狠角色。

所以他们一窝蜂找我查分数的唯一原因，是周小昱觉得我太闲了，要给我找点事来做。

"你周小昱肯定没空调用！"我对周小昱发出了来自灵魂深处的诅咒。

结果周小昱却十分淡然，说："我也就是给你设个悬念，让你查分数也有点盼头。"

"我的盼头就是花小枝考了多少分，至于你能不能买空调，"我对周小昱说，"热的又他妈不是我！"

周小昱嘿嘿一笑，他说："你这人怎么这么吃不了亏呢，再说，这事儿你也占便宜呢！"

我没有接周小昱的话，他看我没有问他的意思，自己说道："你家不也没空调吗？我家安一个，你天天来吹。"

"天天来吹？"我看了一眼周小昱，说道，"天天来看你吹牛逼啊？"

周小昱大手一挥，说道："都这时候了谁还天天在家啊，我得带着小珊出去旅游呢。"

"上哪儿游去？"我问道。

"天南海北，到处游呗。"周小昱说完，若有所思了一阵儿，末了对我说，"别闲扯了，你赶紧查。"

"嗯，查到小珊的了。"我对周小昱说。刚才还像个半植物人的他，嗖地蹿了过来："哪儿呢？多少分？！"

我早就把 IE 浏览器最小化了，周小昱看见的只是 Windows 那张万年不变的桌面风景图。"你猜猜。"我对周小昱说。

"别闹！"说着周小昱便要从我手里抢过鼠标。

"别动！"我伸手拦住周小昱，朝他努了努嘴，示意他看我跷在电脑电源键前面的大脚趾。周小昱放开了我的手，他说："大哥，别冲动。"

"说个数，赶紧！"

"少说也得 670。"周小昱回答得很干脆。

"不对，再猜。"

"660！"

"不对，接着猜。"

"650！不能再低了！跌破 650 我未来老丈人非得拿刀砍我。"

我叹了一口气，对周小昱说："小珊啊，这次真是失常了。"周小昱将信将疑地看着我，他说："王小川我警告你啊，你他妈别吓我啊！"接着周小昱嘚啵嘚啵说了一通骗他的后果，诸如就算他上了 300 分家里安了空调也不让我进他家门。听他说完，我起身，拍了拍他肩膀，对他说："你啊，就自己看吧。"

"砰！"突然一声巨响，周小昱手里的鼠标停下了。

"什么动静？"我看了一眼窗外，爆裂的声音再一次响起。

"可能武装部在演习。"

周小昱这番话让我陷入了深深的思考。诚然，这附近是有一个武装部，我们确实也看见过类似于装甲车的东西进出过那里，不过后来知道那是降雨的炮台。

没等我想明白，周小昱已经看到了穆小珊的成绩。

"688，"周小昱念叨着成绩，对我说，"稳了！我得放首歌来庆祝一下！"

"砰！"

外面又响起了莫名其妙的响声，周小昱问我："你说我放首什么歌好呢？"

"不知道。"我回答得很冷漠，抢过周小昱手里的鼠标，开始查花小枝的分数。

"一点情趣也没有。"说完，周小昱走到窗边打开了纱窗，他探出脑袋，也不知道在看些什么。

在那几声巨响过后，查分系统变得异常流畅，我接连查出了所有人的分数。不知道是不是心理作用，周小昱打开纱窗后，空气变得更加凉爽。但是我还是忍不住骂了周小昱："你是不是欠？"

"我咋了？"周小昱缩回脑袋，一脸不解地看着我。

"你要开纱窗可以，但是能不能先把灯关了？我可没你那么多肉去喂蚊子。"说完，我点了关机的按钮，把鼠标一扔，瘫坐在椅子上。

周小昱见状关掉了灯，房间里只剩下关机时电脑自动更新的蓝色光亮。

当时的气氛很微妙，周小昱问我："你关电脑干吗？"而我则问他：

"你关灯干吗？"

在系统自动更新完毕，屏幕熄灭的一刹那，我看见周小昱脸上浮现出一种无可言说的神情，紧接着，他把身子收了回来，拉上了纱窗。

借着窗外的灯火，我看见周小昱正叉着腰看着我，在微弱的光线下，他脸上那种不可言说的神情变得更加具有神秘感。我问他："既然把纱窗关上了，为什么不开灯？"

在我说完之后，周小昱的表情终于回复到了一种我可以读懂的状态，当时他的面部表情可以这么解读：如果我家没有防护栏，我现在就会重新把纱窗打开然后把你扔下去。

"你他妈有病啊！"他说。

"有，近视，前两天才验的光。"

"多少度？"

"二百多度。"

"二百多少？"

"你问那么清楚干吗？"

"那就是二百五十度。"

"行，二百五就二百五，我们两个有缘，我眼睛度数和你考试分数一样。"我点起了一支烟，那时周小昱趴在窗台上，整张脸都陷进了纱窗里，像是一只巨大的蚊子。

"妈的！"周小昱被纱窗挤得变形的嘴里发出了这样的声音，尽管含糊，但我还是听得挺明白。

那时我也不知道该说些什么，虽然我的分数没有比周小昱高几分，理应没有任何的心理负担，但是我仍然不知道说些什么，尽管我很想说些什么。

"×！"周小昱突然发出一声喊叫，突如其来如同片刻之前的巨响，"这个数字一点也不吉利！"

"确实是挺不吉利的。"

"250，250……"周小昱嘴里碎碎念着，感觉像被人猛揍了一拳从纱窗里弹了出来，他喊道，"他妈的怎么不来个13点呢？！"

那时的我心里略微犹豫了一秒，不过我还是说道："其实，13点，也有。"

"你说啥？"

"你先听我说。"我点了一支烟，在我和周小昱之间燃起缭绕的烟雾，我说，"我们先明确，负负得正，这话没错对吧？"

"没错，你想说什么赶紧说。"

"总分250，数学13，这两个单独拎出来，都不吉利，但是合在一起，负负得正，大吉大利。"在我说完这番话过后，周小昱脸上那种无可言说的神情又再一次出现。周小昱没有立刻回我的话，而是在许久的沉默之后，他开口问我："你多少分？"

好在我考的分数确实不高，这并不是一个很尴尬的问题。可在听完我的分数之后，周小昱却异常气愤，骂我为什么才考这么点分数。

我说："我就这么点水平。"他说："你的水平不止这么点分数。"我说："我的水平真差不多就是这么点分数了，再说我还有政策加分呢。"他说："政策加分管鸡毛用。"我说："老师不是说了吗？高考一分就能压死几千号人，何况20分。"他说："这跟跑一百米一样，从15秒跑到14秒，跟从9秒跑到8秒能他妈是一个概念吗？"我觉得他的比喻很有道理，于是我们结束了对话。

"砰！"

此时窗外再一次响起了巨响，这次随之而来的还有耀眼的光束。我和周小昱透过窗户看见了在空中炸裂的五颜六色的烟花和空气里若有若无的烟雾。

"这他妈是过年了吗？"周小昱歪着脑袋问道，从他的语气里，我听出他对眼前的景象很有一番看法。

"对于有的人来说，今天确实是过年。"

"那最起码也要等到录取通知书下来吧？"

"今天就算腊月二十八，录取通知书下来那是大年三十。"

我的话音刚落，周小昱便笑了出来，他看着我，认真地看着我，并且认真地发问："那还有像我们这样的人在，他们这么做是不是有点不太厚道？"

"穷人就不能过腊月二十八了？"我问道。

"过！"周小昱提高了嗓门，起身走向了门边，说，"但是穷人过腊月二十八之前，都要被地主搜刮一道。"

"你去哪儿？"我问他。

"逛庙会！"周小昱指着窗外回答道，"看烟花！"

既然周小昱要出门，我也没有理由一个人待在他家里，何况他家里没有空调，更何况他刚才打开了一会儿纱窗放进来了满屋子饥肠辘辘的蚊子。在我随着周小昱一同去看烟花的路上，我挨个儿给李小宏、谢小希、卢小菲、裘小星发了短信，告诉了他们各自的高考分数。而周小昱则挨个儿给他们打电话让他们来街上看烟花。

谢小希自然是赶不来了，李小宏答应过来，但是他要先去卢小菲家里接她，花小枝和家里人去了丽江旅游，也不在城里。我和周小昱来到放烟花的地点时，烟花表演已经收场了，据说是警察过来轰走的，有人报警说放烟花的人扰民。我和周小昱一致认为肯定是哪个没考好的考生或者哪个没考好的考生的家长报的警。我认为报警的人心理素质不行，周小昱认为报警的人定力不够。但无论如何，那时已是夜里凌晨三点多了。

等到李小宏带着卢小菲到来之时，我和周小昱正在给身上的蚊子包画正十字，开始我们两个在比谁画得好，后来则成了比谁画得多。

"你们两个埋头在那儿干什么呢？"隔着很远，我们就听见了卢小菲的声音。

"祈祷！"周小昱回答的声音很洪亮，但是我听得出他回答得并不情愿，我也不清楚当时他为什么要这样回答。

"祈祷什么？"

"一个美好的明天！"

"没正经！"

还没等卢小菲走近，周小昱又大声呼喊道："小菲你考了多少分啊？"

"比你高！"

"你又不知道我多少分，怎么敢说比我高呢？"

"小川告诉我了！"卢小菲也喊道。

周小昱笑了，笑得很夸张，很做作，一阵干笑过后，他突然小声问我："你真告诉她了？"

我学着周小昱今晚露出过数次的那个不可言说的表情，说道："并没有。"

"那小菲到底考多少分？"

"你自己问她去啊！"

"嘿嘿，"周小昱这次笑得很真挚，"不太有底气。"

听周小昱说完，我也忍不住笑了，我说："让你招她。"

周小昱吧唧着嘴巴，叹了一口气，转而问我道："小宏多少分？"还没等我回答，他又接着补充道，"小宏的该能说了吧？"

"699。"我说。

"怎么都他妈这么吉利。"

"买一送一，再告诉你，小菲的数字也挺吉利。"

"444？"

"你损不损？"

放烟火

　　其实想来，家里管教甚严的卢小菲，每每都能在我们几个人凌晨发癫的时候出来，算得上一件值得钦佩的事情。尽管周小昱和我嘴上都不饶人，但是不可否认，卢小菲是一个好姑娘。

　　我记得校门口一直有一位卖手工饰品的老奶奶，卢小菲每天放学都会从老奶奶那里买走一两件小饰品，有时也强制性地要求我们也买一些。她家附近有一个背着油腻的挎包在路边修自行车的老爷爷，卢小菲也常常敲坏我们的自行车然后让我们去他那里修，还让我们去脚有残疾的小姑娘那里买报纸。

　　我想卢小菲的人生格言应该是：只要人人都献出一点爱，世界将变成美好的人间。

　　那天夜里，放烟火的广场的长椅上躺着一个流浪汉。其实我们并不确定他到底是不是流浪汉，也可能是一个醉酒的人。卢小菲走近后发现了，说："我们都小点儿声，别吵到人家睡觉。"

　　周小昱提议换个地方，卢小菲不让，说："我们在的位置，是看月亮最好的角度。"

"这个月色，这个景，配上烟火应该很美。"我们几个像密谋偷窃的盗贼一般闲聊了几句后，李小宏没来由地说了这么一句话。

"想放炮仗吗？"周小昱接茬儿问道。

"小宏说的是烟花，不是炮仗！"卢小菲对于周小昱的措辞很有意见。

"行行行，烟花就烟花，想放吗？"

"不是放烟花，是点烟花。"

"行行行，点烟花点烟花，想点吗？"

"有病吧，这都几点了，你上哪儿找炮仗去？"我问道。

"嗯——？"卢小菲拉了一个很长的尾音，眼神犹如尖刀一般锋利。

"烟花烟花，"我改口说道，"上哪儿买烟花去？"

"小菲家附近倒是有一家卖烟花爆竹的店。"李小宏提供了一个几乎没用的信息。

就在我准备说点什么吐槽李小宏的时候，周小昱突然站起身，高举双臂如同揭竿而起的农民斗士，说："就问你们想不想看这皓月长空升起绚烂的烟花！就问你们想不想听这夜空响起爆裂的声响！"

说实话，当时我们剩下的三个人着实被周小昱的举动吓着了，躺在不远处的流浪汉似乎也受到了惊吓，翻了个身。

"你要变身啊？"我实在找不出什么恰当的话骂周小昱。

当时激动的周小昱一个箭步冲到我的身前，抓住我的肩膀不停地晃动，嘴里还不停地重复着："想不想？！想不想？！"

可能是看到我脸上无动于衷的表情，周小昱又蹿到了李小宏身前捏住他的肩膀，摇晃的力道也更大了一些。我看见李小宏在剧烈的晃动之中似乎想开口说些什么，但是一个字也没有从他嘴里蹦出来。

我想周小昱是很失望的，他手里的动作停了下来，手还握着李小宏的肩，眼睛却朝似乎已经吓傻了的卢小菲看去，深邃，而癫狂。

"想看！"卢小菲终于没能忍住一直刻意压低的声音，大声地喊道。

"想看！"

"想看！"

"想看！"

如果我没有因为周小昱激动而又出人意料的表现吓到出现幻觉，我想我听见了四个"想看"的声音。在短暂的惊恐中，我意识到那第四声是流浪汉发出来的，我想他睡得应该很香。

而在短暂的癫狂过后，我很无奈地问周小昱："想看归想看，可你现在去哪儿搞炮仗？"

周小昱并不回答我，他掏出了电话，一副长者睥睨的姿态。

"喂！你现在在哪儿呢？"周小昱讲这通电话的语气很急切，急切得像是家里着火了一样。

"还睡呢？！你家店里着火了！我已经打119了！你他妈赶紧过来！"

我看着周小昱淡定地挂掉了电话，他拍了拍自己的太阳穴，对我们说："在这儿等我，我去拿烟花。"

"这样也可以？"卢小菲看着周小昱的背影，似乎还没有从刚才的情境中缓过劲儿来。

当时站在卢小菲身后的李小宏哈哈笑了出来，李小宏的笑声很大，大到达到了卢小菲以为会吵醒流浪汉的声音分贝的标准。卢小菲转过头去，问道："有什么好笑的？"

李小宏没有回答卢小菲，还是笑着，还是笑得那么大声。或许当时的我是被李小宏的笑声所感染，我也跟着笑了起来。躺在长椅上的流浪汉虽然睡得很沉，但最终还是醒了，他坐起身，眼神迷离地看着我们三个人。我对他说："没事儿，你接着睡。"

他直截了当地闭上了眼睛，睡了过去。卢小菲看着眼前的景象，鼻子、眼睛、嘴巴都皱在了一起，她不知道我们在笑些什么。说实话，我也不太明了。

"别笑了，"我对李小宏说，"你鼻涕泡儿都笑出来了。"

李小宏当时居然笑得弯下了腰。"哪有。"他说。

"这儿有！"卢小菲伸出手去揪着李小宏的鼻子，真的捏出了黏糊糊的鼻涕，接着麻利地敷在了李小宏的脸上。

我看着那串带泡的鼻涕在昏暗的灯光下反而闪着晶莹的光泽，李小宏的笑终于停了下来，轮到卢小菲笑了。

李小宏停顿了几秒钟，之后我认为当时的他做出了人生中最大胆的决定之一：他用手抹下了脸上的鼻涕，摊开在卢小菲面前，看着卢小菲的眼神温柔得宛如古装电视剧里风度翩翩的贵公子。

他也要敷卢小菲一脸鼻涕。

我清楚地记得卢小菲的神色在短短的几秒钟之间变得很快，快到李小宏刚刚把手伸向她，她就已经跑开了。于是在那一夜的凌晨四点多，李小宏生平第一次追着卢小菲满世界跑。刚睡下去的流浪汉又被卢小菲爽朗的笑声吵醒，他一手倚着长椅靠背，一只脚盘在长椅上，扭过头用目光追击着两个人，没过多久，头又转了回来。李小宏和卢小菲就这样围着那个流浪汉，玩起了类似于丢手绢一样的游戏。

我想如果我是那个流浪汉，没准儿会默默走开或者大发一通脾气。但是他没有，在认认真真看了几圈之后，他保持着原来的姿势，又闭上眼睡了过去。

如果说要列一个我最佩服的人的列表，那个流浪汉应该是榜上有名的。那个夜晚我对于时间流逝的感知似乎不太敏感，我感觉李小宏和卢小菲并没有追逐很长的时间，但是等到李小宏以"鼻涕干了"为理由停下来的时候，周小昱正好拎着一个硕大的塑料口袋回来。

"他们两个喘什么呢？"周小昱把塑料袋往地上一扔，向我问道。

我把经过大致给周小昱描述了一遍，周小昱发出了"咦"的一声，显得十分嫌弃。

虽然嫌弃，但是周小昱还是凑到了李小宏面前，仔细打量着李小宏的脸。末了，他对李小宏说："没擦干净，结壳了。"

李小宏二话没说，手指塞进嘴里沾满了口水，开始在脸上擦拭。好在这个情景并没有被卢小菲看到。卢小菲的注意力被周小昱拎来的塑料袋吸引了过去，她小心翼翼地解开袋子，一个一个地拿出了里面的烟花。压轴的，居然真的是两卷炮仗，一千响的。

我看着比周小昱胸口还要宽的炮仗，问周小昱："一般吧，这个时间要是点这个东西，不是哪家死了人就是哪家要娶媳妇了，你确定要点吗？"

"你大款啊，买多少你就要点多少啊？"周小昱骂着把两卷炮仗放回了袋子里。

"不放你提过来也不嫌重？"

"你怎么知道我不点？"

"……"

周小昱嘿嘿一笑，笑得很淫荡，说："是不是感觉生活就是这么的出其不意？"

我瞥了周小昱一眼，没搭理他。李小宏走过来问周小昱："怎么放？"

"拿打火机点？"周小昱回答道。

在这个空当，卢小菲已经把像火箭筒一样的烟花摆成了一个大圆，不得不承认，这些火箭筒被卢小菲摆得真的很圆。

周小昱朝我打了个响指，示意我和他一起去点烟花。卢小菲突然冲我们做了一个禁止通行的手势，我和周小昱就站定了。

"你想自己点？"周小昱试探着问道。

卢小菲摇摇头，朝那个流浪汉走了过去。她拍了拍那个流浪汉的肩

膀，不见流浪汉有任何的反应，卢小菲就摇起了他的肩膀。当时我心里
响起的台词是：想不想……

　　我想如果当时流浪汉在做梦的话，应该会梦见自己在大浪滔天的汪
洋大海上。

　　在卢小菲愈发猛烈的摇晃中，流浪汉睁开了眼睛，懒散而又疑惑地
看着卢小菲。

　　"不好意思，我们要点烟花了，先把你叫起来，不然一会儿怕吓到
你。"卢小菲对那个流浪汉说。

　　流浪汉晃了晃脑袋，看了看卢小菲，又看了看摆好的烟花，末了又
躺回了长椅上，双手垫着后脑勺，跷着腿晃荡着，似乎在说："点吧。"

　　卢小菲站直了身体，对周小昱和我点了点头，像是示意乐队可以起
前奏了的歌者。

　　我和周小昱正准备挨个儿点烟花时，李小宏突然叫住我们，说："先
等等。"

　　"你想来点？"我问道。

　　"我想我们一起点。"李小宏回答道。

　　周小昱"嗯"了一声，掏出了兜里的烟盒，取出了里面仅剩的三根
烟，然后把烟盒丢在了一边。

　　"把你烟也拿出来，"周小昱对我说，"一共九个，还差六根。"

　　"烟够，人不够。"说着，我把六根烟一股脑塞进嘴里点了起来。
还好我的嘴比较大，不然一次点6根烟，确实费劲。

　　我分了李小宏和卢小菲一人各两根烟，周小昱手里握着三根烟冲赏
月的流浪汉说道："哥们儿，来帮我们放个炮？"

　　流浪汉听见，软绵绵地起身走了过来。他接过周小昱手里的烟，猛
嘬了一口，踉踉跄跄晃了两步差点跌倒。

　　"点吧。"周小昱说。

"等等！"这次又是李小宏拦住了我们，"再等几分钟，太阳要出来了。"

"太阳出来了还放个毛线烟花啊？"我问道。

"等山坡上第一缕阳光露头，那时候应该会更美。"李小宏环视着我们，最后的眼光落在了卢小菲身上。

我几乎可以肯定当时的卢小菲脸红了，红得很好看，如同几分钟后从山坡那头露出的第一缕霞光。

真的就在几分钟之后，那一缕光出现了。

"点！"李小宏喊道。

我们几乎是在同一时间一左一右点燃了所有的烟花，引线快速地燃烧，几乎追上了我们逃开的脚步。只有流浪汉坐在原地，双脚围住一个烟花，看着一束一束色彩冲上天空。晨曦中的烟花并不明亮，色彩也并没有那么显眼，但是莫名好看。

站在后排的我和周小昱看见李小宏抓住了卢小菲的手。

"小宏今天胆子真大。"我歪过头对周小昱说。

"嗯，不过话说回来，小菲的背影看着还挺漂亮。"

"本来也不丑。"

"看着还挺甜蜜。"

"是这么个感觉。"

我和周小昱正聊着，流浪汉走了过来，他拍了拍周小昱肩膀，夹着两个手指示意要根烟。周小昱拍了拍裤兜，示意他没烟了。流浪汉正准备走，我叫住他，递给他一根烟。他就着手里那根烟的烟屁股，点燃了烟，回头看了一眼还在燃放的烟花，便走了。

"哪家卖的火箭筒啊，这么抵用？"我问周小昱。

"快完了。"周小昱说。

"对了，你去拿的时候，人家没揍你啊？"

"都是朋友，开个玩笑不至于。"

"哪有拿家里着火了开玩笑的，是我我就揍你。"

"是你我也不会这么骗你。"

那时候晨练的大爷大妈们已经陆陆续续来到了广场，李小宏和卢小菲还站在原地腻歪，面对着越来越多的"街委会成员"，周小昱做出了明智的决定。

"拿上东西，赶紧走！"

在大爷大妈们还没来得及找我们盘问的时候，带着烧煳的烟花筒和两卷千响的炮仗，我们离开了广场。

我有些遗憾，花小枝没能看见烟火在晨曦中燃烧的景色，那时我的黑白屏手机也无法记录下那一幕景象。我曾想，此后的某一天，当我向花小枝求婚的时候，或许可以再营造一次这番景象。

我想周小昱心中也会有些遗憾。

我们迎着朝阳走在大街上，卖早餐的小贩支起了小摊，揭开那口大锅的盖子，熬了一整夜的排骨汤的香气就肆无忌惮地四散开来。斜搭在锅旁的那个铝制锅盖，被钢丝球擦洗过无数次后留下的错乱的纹路，在暖黄色的朝阳里，折射出刺眼的光芒来。

在早晨的太阳里，似乎一切都显得神圣而美好。

当然，神圣而美好的并不包括熬了一整夜的我们四个人。不对，是三个人。因为卢小菲居然从她的包里取出了一顶帽子，尽管她的面容有些憔悴，但在帽檐创造的阴影之下，没有人看得出来。

周小昱和李小宏虽然也不精神，但好在他们两个人都是短发，熬夜之后还能够产生一种颓废的气质，特别是在阳光下，有一种说不出的末日英雄气息。而我，当时还留着偶像剧里的厚刘海，熬夜加之烟火的熏染，毫不夸张地说，如果当时我用心把头发搓一搓就能立起来，换套衣服就能去 Cosplay 超级赛亚人。当然，是打了败仗的赛亚人。

那时我们就那么颓废地走着，晒着从山坡顶上洒下来的阳光，闻着路边小摊飘过来的香气，就那么漫无目的地走着。

我感觉有些不对劲，可又说不上来哪里不对劲。

"接下来我们要去干什么？"我忍不住问道。

"回家睡觉？"李小宏试着回答。

"但是吧，"周小昱吧唧着嘴巴说，"我感觉即使立马给我一张床让我躺上去我也睡不着。"

我们三个人还在互相探讨着，卢小菲突然蹿到我们前面，拦住了我们。

"想知道我们现在该干什么吗？"她问道。

"想知道。"我说。

"真想知道？"卢小菲又问。

"真的，"我的语气变得很渴望，"真想知道。菲姐，我现在很迷茫。"

卢小菲扬起了她的脑袋，对着我们三个喊道："吃！早！餐！啊！你们三个蠢货。"

即使骂完了我们三个人是蠢货，卢小菲的脑袋依然仰着。周小昱点了点头，似乎对卢小菲的话十分认同，他率先走过卢小菲的身边，顺便伸手摁下了卢小菲的帽檐。卢小菲正欲抬头接着骂人，我也走过她的身边，又接着摁了一下她的帽檐。

以我的了解，周小昱和我免不了被卢小菲一通数落，可是我不知道李小宏用了什么法术，那一次卢小菲吃了亏却安静得像是犯了错的孩子。走在前面的周小昱和我默契地在转角前没有回一次头。而在转角之前，周小昱还是忍不住又问了我："小菲到底考了多少分？"

"吉利的分。"我回答道。

吃早餐

　　吃早餐的那家店，我们已经吃过无数次。周小昱和那家店的老板认识，每次吃完，总是要客套几句诸如"还给什么钱呀，吃就行了""不行，你这样搞，我以后怎么还好意思来吃"的话。

　　我们四个人去的时候，老板刚刚才把店铺的卷帘门拉上，夏日的闷热全聚集在了那间不大不小的店里。

　　"又喝通宵了？"老板和周小昱寒暄起来。

　　"我也不是铁人啊！"周小昱呵呵笑了笑，让老板先忙着，不要招呼我们。

　　老板先给我们上了一碟卤肉拼盘，猪脚几乎有拳头那么大，周小昱是饿急了，没套手套直接上手啃了起来。李小宏想吃猪尾巴，可是四根猪尾巴完完整整一刀未切的摆在面前，无从下口。

　　"讲究什么？"周小昱抓起猪尾巴就要塞进李小宏的手里。

　　然而卢小菲眼疾手快，伸出筷子夹住了那根长得有点夸张、粗壮得也有点夸张的猪尾巴。坐在一旁的我，眼睛瞪大得如同误闯了龙门客栈的乡下人。

"这位少侠好身手！"

"蠢货，你难道看不出她是女扮男装吗？"

"女的？！"

"当然，恐怕还师出名门。"

以上是我自己脑补出来的路人甲和路人乙的对话，而实际的情况是卢小菲一边和周小昱以一根猪尾巴为介质比拼着内力，一边冲李小宏破口大骂让他去洗手，还要记得用洗手液。

我看着眼前暗潮汹涌的明争暗斗，嘴里的猪尾巴啃得香甜带劲。

"姓周的，你这是在自寻死路！"

"我周某行走江湖这么多年，还不知道'死'字怎么写！"

"那就让我来教教你！"

"哼！不自量力。"周小昱冷笑一声，内里加了力道，震开了卢小菲的筷子。

卢小菲虎口吃痛，筷子险些掉到地上，她冷笑道："男子汉大丈夫，却不敢与我正面相对！"

"我周某岂能随随便便同你这种无名小卒过招，要是传了出去，岂不沦为江湖中人的笑柄！"

"沽名钓誉。"只见卢小菲啐了一口，眼里满是不屑。

就在这剑拔弩张之际，店小二端上来二两熟牛肉，手里还提着一壶温酒。

"哟，您二位这酒菜还没下肚，怎么就比上了？"店小二似乎是见过世面的人物，只见他淡定地摆放好牛肉和酒杯，中气十足地说道，"菜齐了，二位慢用。不过提醒您二位，这武功您二位尽管较量，不过千万注意着点儿小的这店里的家当，都是上等的黄花梨木，砍坏了，掌柜的可饶不了我。"

周小昱和卢小菲的目光都落在了这位店小二身上，只见这店小二中等身材，相貌平平，眼神中却自有一股戏谑。

周小昱的手已握在腰间。

卢小菲的筷子也一触即发。

笑声，停了。

呼吸，似乎也停了。

沉默。

谁也不知道谁会先动手。

但是，一定会有人先动手。

等待。

所有人，都在等待。

"嘿！王小川！你叼着猪尾巴傻笑什么呢？"周小昱一声大喝，把我从臆想中拉了回来。

"没什么，没什么。"我笑着说道。

我们的米粉已经煮好端了上来，此时来小店吃粉的人也开始多了起来，甚至排起了长队。

臊子肉、肉末、辣椒、香葱、香菜堆在米粉上面，搅拌之后，蹿出浓浓的热气。我那本就油腻的刘海，此刻变成了温润又油腻的刘海。

周小昱可能看见了我那飘扬的头屑，骂道："你能换个桌吃吗？"

"招你惹你了？"我问。

"我这碗粉够咸，不用加头皮屑了。"

"你恶不恶心。"

"这话该我问你，你那瓦片什么时候能剪了？"

我也不知道该如何回答周小昱，头发那么厚，完全是因为懒。因为我的头发真的只是厚，并没有什么造型。这时候卢小菲递给我一根皮筋，她说："扎上吧。"

在我扎上头发后，李小宏对我的造型做了一番十分精准的评价，他说："扑上三个白圆饼就能演双簧了。"

我觉得李小宏是在夸奖我，于是我对周小昱说："这头发我剪，今天就剪，剪劳改头。"

在我说完之后，卢小菲笑了出来，差点还喷出了还没吞下去的粉条。我像个双簧演员扎头发的时候她没笑，结果我说我要剪头，她居然笑喷了，我完全无法理解。

"这有什么好笑的？"我问卢小菲。

卢小菲捂着嘴巴，正问李小宏要餐巾纸，擦完了嘴，她说："你要剪劳改头，还挺适合你那张凶神恶煞的脸的。"

"照你这么说，我干脆脸上再文个刀疤？"

结果我一句话，卢小菲又呛着了，呛得满脸通红，想来是辣椒辣到了气管。李小宏赶紧给卢小菲倒了一杯水，卢小菲没喝两口，连水带粉条一起喷了出来，径直喷进了坐在她对面的周小昱的碗里。

周小昱看着还没吃完的米粉，有些欲哭无泪。

"你没事逗卢小菲干吗？"周小昱质问我。

"那这头发我不剪了呗？"我说。

"你说不剪就能时光倒流还我这碗粉吗？这碗全市乃至全中国排名第一的米粉！"周小昱一边说着，一边拿筷子在碗里不停地搅和着，越搅越恶心。

"再煮一碗不就行了？"李小宏此时正拍打着卢小菲的后背，结果卢小菲越咳越来劲，又喷了些不明物体进周小昱的碗里。

"再煮一百碗！也不是这一碗了！"周小昱带着哭腔，却还是叫老板又加煮了一碗粉。

"妈的，吃个粉还那么多戏！"我忍不住骂周小昱。

"这他妈叫热爱生活！"周小昱激动得拍案而起，引得其他桌的人纷纷投来目光。周小昱在他们的注目下，走到了队伍的最前面。

"加粉加臊子！待会儿我那哥们儿付钱。"周小昱指着我对老板说，颇有一番指点江山的风范。

没承想一提钱的事，老板又和周小昱互相客套了起来。

"这叫什么事？"我看着周小昱的身影，发自内心地自问。

"你们几个，就属你和周小昱精神最不正常。"把周小昱一碗粉活活咳报废了的卢小菲的声音还有些沙哑。

"刚才大哥不是说了嘛，那叫热爱生活。"李小宏说道。

"怎么说都好，你可别学他们啊！"卢小菲开始向李小宏传达政治方针了。

"放心，"我说，"小宏要学早学了。"

"那上了大学可就不一定了。"看来卢小菲对李小宏是不放心的。

"要真是那样，也不能是跟我们学的，你说是不，菲姐？"

"那也要怪你们，是你们在他心里埋下了种子！"

"罪过罪过。"我双手合十，对李小宏说，"小宏你可不能学坏啊，不然小菲非得砍了我。"

李小宏笑笑并没有接下我的话，此时周小昱也回来了。他见我们差不多也已经吃完，便说要走。排队买粉的人太多，他不想插队，那碗粉就不加了。

那时也不过早晨七八点钟的样子，吃过了早餐的我们四个人，还真不知道接下来该做些什么。

我提议回家睡觉，周小昱和卢小菲意见很统一：不让。原因是他们要见证我剪劳改头的历史性时刻。我表示又不是第一次剪劳改头。李小宏补充说我上一次留劳改头，还是在小学六年级的时候，现在距那时已有6年之久。

不过即便他们迫切地想要看我脑门上的头发像和尚剃度一样一片一片被剪下来，也为时尚早。毕竟，没有一家理发店会在这么早的时间开门营业。在这样的情况之下，想要立刻能够剪头发，一般来说只剩下唯一的选择，那就是自己剪。

尽管当时我极力反对，但是以周小昱为首的迫害团伙仍然坚持去开了门的小卖部买一把剪刀和一块小刀片，到我的家里为我提供热忱的上门服务。

对于这样送上门来的服务，我是拒绝的。我不惜请求周小昱再用"店里着火"为手段忽悠他那个开发廊的朋友出来。当然了，周小昱对此做了一番大义凛然的说教，然后也拒绝了我。

我看见日头越来越高，街上的人也越来越多，我离家也越来越近。去我家的路上，要经过一片老城区，老城区里保留着古老的城市文化，比如说，赶场。在我看来，赶场就像美国人周末开车到郊区的超市采购一堆乱七八糟的东西一样。赶场的时候，卖各式各样货品的商贩从四处赶来，老城区的居民们在那条摆满商品的街道上选购。相比美国，更加纯天然。

而在赶场的街道之上，还有一个特殊的工种，剃头师傅。剃头师傅们多是头发有些花白的老头子，在行道树旁摆一把竹条椅，椅子上盖着一条围布。树上挂一面塑料镶框的镜子，镜子旁边再挂一个布袋子，里面装着几把剃刀和几条毛巾。

在我有限的印象里，理发的时候自不用说，但剃头师傅没有客人时，他们也总是站着，手里磨着剃刀。我没见过坐着、蹲着、躺着的剃头师傅，一次也没有看见过。

此前，每每见到他们的身影，总是能勾起我们的好奇。而在我们进入那条热闹的老街道，路过好几棵梧桐树之后，周小昱突然灵光乍现，他说："要不你就直接在这路边解决呗？"

我还未反驳，卢小菲就拍起了手掌，她几乎蹦跶着说："对啊！反正是剪劳改头。"

李小宏则直截了当地上前去跟路边的师傅攀谈了起来，有点像微服私访体察民间疾苦的老干部。

那位剃头师傅留着寸头，也就是俗称的劳改头，也就是我即将要剪的发型。不过他的头发已经全部花白，额头上还见几处老年斑。

"师傅，剪一次多少钱？"卢小菲问道。

"五块。"回答的人是李小宏。

"多少？"周小昱又问了一遍。

"五块。"这次，回答的是那位剃头师傅。那位师傅声音很清，有点像我家楼下常年练声爱唱京剧的老头儿。

"剪！"周小昱用手在我肩膀上那么一推，差点推我一跟头，他说，"大胆地剪，预算够你剪 4 次！"

剃头师傅揭开围布轻轻一抖，像是一个骄傲的斗牛士，他食指和中指间夹着的剃刀，就是斗牛士手中的标枪。

"有范儿！"我心中这么想着。

"小伙子想怎么剪？"师傅将围布给我系上，问我。

"就照您的发型剪，寸头。"其实我的内心有些紧张，但全然不知道为什么。小时候师傅用推子给我理发时，我的后背总是忍不住要抽抽，推一次抽一次，以至于每次理完发我的脑袋上总是有一两个缺口。但如果理发师是用剪刀，那就全然无事。

"好！"师傅回答得很干脆，这却让我更加紧张。

剃头师傅的手艺不提，但职业操守值得钦佩，因为那位师傅全程没有再说过一句话。师傅的速度也足够快，没有十分钟的时间，我变成了焕然一新的我。周小昱打量着镜子里的我，啧啧称奇："没想到剪个寸头你还挺帅。"

在周小昱话音刚落之时，那面不大不小的镜子里挤进了第四张脸。那张脸上的眼睛很美，一种无法将视线挪开的美感。

"小川呀？"是穆小珊的声音。

"小珊？"我斜眼看见周小昱猛地回过头去，不过再也没有听见他说什么话。

"阿姨好，奶奶好！"卢小菲连忙道。

穆小珊走到我面前，盯着我的脑袋，看得我有些不太自在。

"挺帅的呀，小枝回来肯定可开心了。"穆小珊说道。

"小枝回来不一定还认识我呢。"那时师傅还在给我擦脑袋，我的声音显得有些飘忽，我问她，"你和奶奶来赶场呀？"

"对呀，奶奶想来买点乡下的辣椒吃。"穆小珊转而问我道，"你呢，怎么想到在这里理发了？"

"听小宏说这位师傅手艺好，就来了，是吧宏哥？"

"是呀。"小宏接过话来，"四十几年老手艺了。"

穆小珊对着我，眼光却瞥向周小昱说道："看来小川你是真想剪这个发型，这才八点多钟就来了。"

"嘿嘿，"我干笑了两声，"再晚点人就太多啦。"

穆小珊当然知道我们几个人又通宵熬夜了，说不定还以为周小昱喝了酒。不过她也没有再对此说什么，只是叫上了卢小菲和她一起去买辣椒。

穆小珊和卢小菲走远后，我的寸头也大功告成。我掸了掸身上的碎发，付给了剃头师傅5块钱。师傅接过钱，洗过手，便开始磨起了剃刀。

那时街道上变得更加嘈杂，气温也升了上去。好在那条街上梧桐足够多也足够大，树荫里还算凉快。虽然如此，周小昱还是问剃头师傅借了虹吸管子，朝脑袋上浇了上去。

"有那么热吗？"我问他。

周小昱手指按住管口，抬起头来看我，说道："心里躁热。"说完，放开手指又继续浇脑袋。我拔出了周小昱手里的管子，对他说："差不多得了，师傅这桶水都要被你糟蹋完了。"

那位剃头师傅仍旧在磨着刀，似乎我们在浪费的并不是他的水。

"好了，现在头发我也剪完了，接下来，该干什么了呢？"我问周小昱和李小宏。

周小昱站直了身子，头顶上的水顺着脸颊还在往下流，像是一尊在烈日中正在融化的雕像。不过周小昱没有回答我，我想他应该很郁闷，以至于有些迷茫。

"小菲让我等她。"李小宏说。

"在这儿等？"我问。

"小菲没说，应该就是在原地等吧。"

"那就等吧。"周小昱挽起裤脚，在路边坐了下来。于是我们三个男生便并排坐在了路边，看着眼前的人来人往，脑袋似乎空空如也。

那时剃头师傅那里又来了一位客人，师傅手里的剪子剪得咔咔作响。我不知道坐在我一左一右的周小昱和李小宏作何感想，但我总感觉师傅会冷不丁冲着我的脖子咔嚓来这么一剪子。

坐了许久之后，周小昱伸出两根手指在我眼前。

"来支烟。"他说。

烟雾便缭绕在了周围。烟气、水汽还有热气，混杂在那棵梧桐树的周围，嘈杂而又急切的人群也不影响那些气息缓慢流动的速度。

我吸了几口烟后，眼前的景物变得有些迷离。我揉搓着太阳穴，视线有些模糊了起来。

"小珊！"我听见有人喊道。

我重新睁开眼睛，眼前出现了一片阴凉，卢小菲和穆小珊回来了，站在我们三个人的面前。她们两个人的身后，还站着穆小珊的妈妈和奶奶。

　　"妈，你和奶奶先回家吧，我陪同学玩一会儿。"在穆小珊请走她妈妈和奶奶之时，周小昱也没来得及踩灭他的烟。

　　我想当时的他和我一样，有些迷离。

踏 青

　　那时李小宏是我们这群人中唯一不抽烟的男生，不过后来他学会了，卢小菲担心的还是发生了。我觉得这很讽刺，不过更讽刺的在于，当卢小菲和我们发现李小宏开始抽烟的时候，感觉像是注定会发生的，自然而然的事情。

　　但周小昱、谢小希还有我抽烟，就是不学好的典型代表。我想这个世界对于每个人的界定标准是有所区别的。

　　很多时候在男生看来，抽烟是一件再正常不过的事情，而在女生眼里，抽烟则更多的像是一种象征，一个信号，一种很微妙的信号。

　　"昨晚你们玩什么去了？"穆小珊在同周小昱短暂的沉默对视后，问我们。

　　"放炮仗。"我说。

　　卢小菲恨恨地走过来掐我肩膀："是点烟花去了。"

　　"凌晨两点多放烟花的人是你们？"穆小珊的表情显示她有些难以相信。

　　"凌晨五点多是我们，两点多那时候不知道是谁。"我说。

"哦。"

穆小珊也不再问什么了。

于是问题就又来了——坐在地上的三个男生、站在路边的两个女生，看着几乎已经不再流动的人群，不知道接下来该干什么。

"人都到齐了，"我说，"可是我们干什么呢？"

卢小菲却说："人可没齐，小希、小星还有小枝都不在呢。"

"这不是说废话嘛。"说着，我又点上了一支烟，恶搞一般地也递给了李小宏一支。没等李小宏反应过来，卢小菲直截了当一掌劈在我手上，我觉得她还差一句音调飘忽的"啊打"。

"人不齐，那就找齐！"沉默许久的周小昱终于说话了，他接着说道，"小宏带碗粉回家给你妈，然后跟你妈说小菲约你出去玩；小菲也先回趟家，再联系小星约她出来；小川、小珊和我去取车。"

"你要干吗？"我问。

"开车去乡下，找小希去！"周小昱的语气像是要出征的战士。穆小珊那时看他的眼神似乎要缓和了一些，对周小昱说的话也没有任何的异议。

我相信在周小昱说那句话时，甚至之前，他的心里已经有了一个完整的出行计划。不过我还是有一个疑问，于是我问了出来："上哪儿取车？取什么车？"

"我爸那辆吉普车。"

"你家楼下那辆吉普车？那车停那儿得有两三年没人开过了吧？"

"就是那辆，前段时间我爸找人大修过了。"周小昱的语气对我似乎有些失望，"这么多人一起，你以为开玩笑吗？"

我想是我有些多虑了，不过如果告诉谢小希我们一行6个人将要开着一辆吉普车出现在他面前，对他来说就是一个彻头彻尾的玩笑了。

穆小珊挽着周小昱的手臂在熙熙攘攘的街道上走着，而我走在他们身后。我走得很不上心，因为没走多久，我就被人群冲散了。我摸着刺生生的头发，表情有些发狠。几个穿着少数民族服装的女孩头顶着银饰，不停地回过头来看我。

我觉得这有些颠倒，应该是我不停地回过头去看她们才是。

好在我并不赶时间，于是我就在人群中间挪动着，当然，有时候也被迫横移着。就在那个拥挤的状态下，我的电话响了，一看是我妈打来的。

"你上哪儿去了？"

"吃早餐。"

"听说高考分数出来了？"

"出来了。"

"多少分你查了吗？"

"查了。"

"多少？"

"应该能过三本线吧。"

"有空把分数给你爸说一声。"

"哦，好。"

"今天中午回家吃饭吗？"

"不回了，跟小昱在外面玩。"

"注意安全。"

"知道。"

我和我妈的电话还没有结束，我已经不知不觉被挤到了马路的正中央，意外地发现周围的人群变得稀疏起来。他们穿着各式各样的衣服围着我，如同我是一个耍猴的艺人一般。

而在不远处，"嗒嗒"地奔来了一辆马车。不是一辆像马车的车，也不是一匹马，真真切切是一辆马车。太阳在赶车人的身后，散出一晕金光，那一刻我有些恍惚，仿佛进到了故事背景发生在欧洲中世纪的电影片场。

"吁——！"

那匹黢黑的马在我眼前扬起前腿，停了下来。

"找死啊？！"赶车人冲着我大喊，他手里的马鞭重重地鞭打在地上，这一幕让我感觉十分魔幻。

我看了一眼还举在耳边的手机，又环视了一眼周围的人群，以及满地堆积的现代垃圾，我肯定这一幕真的十分魔幻。

赶车人再次挥起马鞭，那匹马也再次抬起前腿，往我身后的街道奔驰而去。

我终于得见那辆马车上满载着硕大的西瓜，顶端的西瓜随着道路的颠簸而颠簸，似乎随时会掉下来。

"抢西瓜啦！"

我举起手里的手机，振臂高呼，然后朝着那辆马车奔走的方向追了过去。越追越起劲，全然不知道为什么。

事实证明马车其实跑得也并没有想象中的那么快，在我追到能看清西瓜纹路的距离时，我看见赶车人回过了头。

"抢西瓜啦！"

赶车人的回眸给了我加速奔跑的动力。我看见他又狠抽了两下马屁股，车上的西瓜颠簸得更加厉害。那时马车像在水中滑行的帆船一般豁开拥挤的人群，而这条街上如同水流一般密不可分的人群并没有在马车驶过后迅速地合拢在一起，而是驻足观看着在后面追逐的我。

他们不解，他们淡定，但他们中有一个人响应我，这让我十分欣慰。

"王小川你他妈干什么呢！"

周小昱甩动着庞大的身躯，并排和我跑在了一起。

"抢西瓜！"

"什么？！"

"追那辆马车！抢上面西瓜！"

我余光瞥见周小昱在快速奔跑中扭过头来看我，一脸不可思议。

"赶马车的！他妈停下来！"

周小昱声似洪钟，要是在平时，我或许会被他这一声喝喊吓到，不过那时他的声音像是冲锋的号角一般，让人血脉偾张。

在周小昱发出呼喊不过几秒钟的时间里，我们身后又响起了高昂的女声。我无法分辨加入追车行列的穆小珊究竟喊了什么内容，但是她的声音尖锐而绵长，让人感觉前面赶车的人似乎对她做了什么十恶不赦的事情。

而最让我意外的，穆小珊简直如同短跑运动员一般矫健，很短的时间里，她就和我们并排跑在了一起。而此时周小昱已经跑得有些喘不上气来，当然，我的脚步也开始变得有些跟跄。

终于，在马路还未到尽头时，我们停了下来。站在马路中央的我们三人大口地喘着粗气，周小昱干脆躺在了地上，瘫成一个大大的"大"字。没躺多久，穆小珊把他拉了起来。

缓过些劲儿来之后，周小昱一巴掌打在我的胸口，他问我："到底什么情况？！被那个卖瓜的抢钱了？"

我一个劲儿地摇头，还没顾得上说话。

我们已经赶得很远，身后的人群在一种诡异的气氛之中又重新聚拢在了一起。

"那你到底是为什么追那马车啊？"周小昱又问我。

"我也不知道，就是莫名其妙想追他，抢他两个瓜吃。"我说。

周小昱直勾勾地盯着我，末了，他环顾了四周，甚至抬头看了看头顶的天空。我想那天应该不止我一个人产生了魔幻的感觉。

"那你为什么不接着追了呢？"穆小珊问我，听起来她还没有跑舒坦。

"这不是跑不动了嘛！"我说。

"要是真追上了，你真抢吗？"穆小珊接着问我。

我还没说话，周小昱却哈哈大笑起来，他对穆小珊说："就他王小川这个屁脾气，肯定就是刚才脑子发癫，真追上了搞不好还会跟人家道歉。"

"不至于，不至于。"我还是有点骨气的。

"屁，"周小昱差点喷我一脸口水，"那人马鞭多粗你没看清楚啊！"

"我就不信我们两个人打不过他。"

"小枝又不在就别逞能了哈，小珊在呢我都没敢那么说。"

"那是小珊不让你打架。"

"说得像小枝让你打架一样。"

穆小珊听我和周小昱斗嘴，却笑了起来，说："别互相呛了，待会儿买几个西瓜吧，路上吃。"

"听我珊姐的。"我瞪了一眼周小昱，"不跟你一般见识。"

周小昱愤恨地咬了咬牙，拿我也没什么办法。

那时我和周小昱脸上的汗水还在止不住地往下流，穆小珊却像个没事儿人一样，我好奇便问她："小珊你是练跑步的吗？刚才跑这么厉害，我和小昱加起来都不一定有你行。"

穆小珊又挽起了周小昱的手，她的手臂就那么紧紧地缠在周小昱黏糊糊的手臂上。她说："我爸爱跑步，总是拉着我跟他一起跑。"

"这叫师出名门。"周小昱补充道。

穆小珊笑着看向我，说："谁愿意天天跑那么多步呢，也是我爸逼着我跑的。"

"所以高考才考那么高分嘛！"我说。

"走走走，"周小昱不停冲我摆手，那意思是要赶我走远点，他说，"这两个事有因果关系吗？"

"也是有些关系的，"穆小珊抬起头来眼波流转地看着周小昱，"起码上课的时候不会打瞌睡。"

"你看看，"我对周小昱说，"那是大有干系的，我们俩就是缺个好爸爸。"

周小昱横了我一眼，说："要不你跟小珊认干姐弟呗。"

"不好不好，那将来我不成你小舅子了？"

"你还觉得吃亏了吗？"

"没有，没有，我是觉得小珊吃亏了。"

小珊笑过并没有接我们的话，我和周小昱也识趣不再接着往下开不着边际的玩笑。那时日头几乎升到了头顶，径直地由上而下投射下来，树荫的优势一点一点在消失。

我们也赶在太阳最毒辣的时候，来到了周小昱口中的吉普车旁。

那辆吉普车重新喷过了车漆，原来裂损得很有艺术感的挡风玻璃也重新换了一面，整部车崭新得有一种说不出的塑料质感。

当周小昱正准备上车时，我突然想到一个非常严肃的问题，我拉住他的车门，问道："你有驾照？"

"废话。"说着周小昱手里使劲，想要关车门。

"你什么时候考的？"

"没考，我爸给我买了一本，我这技术你还不知道吗？"周小昱说完，我松开了拉住车门的手。

周小昱摇下车窗，一只手伸出窗外拍打着车门，催促我赶紧上车。坐进车里，一股与外观一样的塑料质感扑面而来，我不禁有些担忧。不过穆小珊坐在副驾驶上看上去怡然自若，我想我不能在她面前露了怯，于是没有再就周小昱的吉普车说些什么。

"打个电话给小宏，我们先去接他。"周小昱一个急转，吉普车便驶向了李小宏家的方向。

周小昱开车的速度很快，快到在这样热的天里，不用开空调，打开车窗也能感到一阵凉意。没过多久，我们便到了李小宏家楼下。但是一路上，李小宏的电话一直无人接听，我们抵达时，也仍旧没有任何消息。我们几个人都怕李小宏他妈，周小昱也不敢鸣笛叫他。

"小川你上楼看看。"

等来到李小宏家门口，我却没有勇气敲门。我听见李小宏他妈用一种带着哭腔却又十分尖锐的声音在喊叫。李小宏的声音很微弱，但是我听得很明白。他说："反正填志愿的事情还早，到时候再说吧。"

我还在门口犹豫着，李小宏给我发来短信：我家里还有点事，好了电话你。

于是我撤。

回来车上，周小昱问我："人呢？"我说："李小宏在家打飞机被他妈逮着了，待会儿再来。"当时穆小珊用将信将疑的目光看着我，我全然没有理会，周小昱一声"恨铁不成钢"的叹气，发动了吉普车。

"直接去小星家，小菲已经在那儿了。"穆小珊指明了方向。

在路上我想着在李小宏家门口听见的话，不停地揣摩着李小宏和他妈到底就什么样的话题进行了深入的探讨，以至于高考成绩出来的第一天就开始讨论填志愿的问题。我想这也算是优等生的烦恼。

在去裘小星家的路上，我没怎么说话。在征得穆小珊同意之后，坐在车后座的我点上了一根烟。

"几分钟就到了，不抽这根烟你会死啊？"周小昱骂我道。

我很奇怪，在我问穆小珊我能不能抽根烟的时候，周小昱并没有提出任何的异议，而当我点上了之后，他却骂了起来。

"行行行，那我掐了，行吧？"我说。

"不用，"穆小珊打断我，"抽完吧，掐了浪费。"

"好！"我猛嘬了一口烟说，"我听大嫂的。"

周小昱吉普车虽然开得飞快，感觉像偷来的一样，但是我坐着却感觉异常地平稳。于是我横着躺在后座上，连夜不睡的困意来得猝不及防，我用仅存的一点力气将手里的烟头弹出窗外，便昏昏沉沉地睡了过去。

据说人在深度睡眠的时候，会梦见一些光怪陆离的场景和故事，但是醒来后却想不起来做了什么梦。我很好奇，到底是哪个王八蛋做出的这样的结论，因为我很困，我睡得也很好，但是我的梦却很写实：我从床上醒来，我妈给我做了一碗面，还递给我一根烟，我烟抽完了又因为讲文明树新风不愿丢烟头在地上，但是又找不到其他容器扔烟头干是只好把烟戳在了自己的胸口，烟头的火星迅速点燃了整件衣服，继而我的整个身体都被火焰所包围，很热，非常热，但是我很耐烧，火烧了很久很久，还没把我烧成灰。我估计那个梦要是再做下去，我能成个Fireman 之类的超级英雄。

梦的最后我跳进水里，然后醒了。

醒来时我发现自己在吉普车的后备厢里，我第一反应居然是我被绑架了，但是我的手脚并没有被捆绑起来。于是我探出头去，发现后排有三个脑袋，长头发的脑袋枕着短头发的脑袋，另外一个长头发的脑袋埋得很低，想是睡着了。

我弹了弹短头发的脑袋，听见他压低声音说："你醒了啊？"

"什么情况？"

"你睡着了，不够坐就把你挪后面了。"

"我们现在在哪儿？"我问。

我听见周小昱回答道："都他妈快到小希那儿了。"

"你不困啊？"

"谁都跟你一样没心没肺啊，一觉睡到现在，妈的刚才走了条几公里的烂泥路都没把你抖醒过来，你哪天把自己烧死都不知道。"

"什么意思？什么叫把自己烧死？"我问道。

　　李小宏的脑袋转过一点点角度，我听见他说："你看看你胸口。"

　　我埋下头，看见自己的衣服上烧了一个不大不小的窟窿，但是皮肉却没什么事情。

　　"什么情况？！"我没有控制住自己的声音，把应该在浅睡中的裘小星吵醒了。

　　裘小星回过头来看着我，她说："小川，我觉得当务之急应该是把你左胸也烧个窟窿，不然光是右边露出来，有点尴尬。"

　　裘小星这么一说，我感觉真的很尴尬。

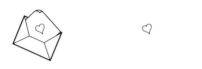

流水席

　　在我的记忆里，谢小希口中的乡下，是他外婆家，离我们的城市两三百公里外的一个小镇。我们曾经听谢小希描述过他的老家，或许是谢小希的表达不够有感染力，他的老家并没有让我们很向往。

　　中国的村落很有意思，总是以公路为中线，向左右辐射开去。当我们的视野中有越来越多的房屋出现，谢小希也就离我们不远了。

　　"是不是快到了，要不要打个电话给小希？"穆小珊问道。

　　"不用，"周小昱降下了速度，说，"小希家就在这路边。"

　　趁周小昱找门牌号的工夫，我和裘小星聊了起来。

　　"小希外婆家你来过吗？"我问道。

　　"没有，"裘小星摇摇头，"不过小希倒是经常跟我说起他外婆。"

　　"这小子跟谁都不亲，就跟他外婆亲。"

　　"因为他外婆对他好呀。"裘小星说着笑了起来。

　　谢小希之所以跟他外婆最亲，其实原因很简单，他是被外婆带大的。他小的时候，当老师的母亲被借调到乡下的学校，他爹又是个老学究，不说照顾孩子，洗衣机怎么用也得要谢小希他妈写张便条贴洗衣机上才行。所以谢小希的外婆临危受命，一直照顾谢小希到他上完初中。

当然了，谢小希那犟脾气，也是被他外婆惯出来的。

我和裘小星正说着，周小昱猛地一个急刹，把所有人都吓了一跳。

"撞到人了？"卢小菲几乎从后座上跳了起来。

"别紧张，"周小昱挂上倒挡慢悠悠地倒起了车，说，"到小希家门口了，刚才差点开过了。"

谢小希外婆家的房子如同这座小镇里的其他房子一样，八扇木板门，其中开了四扇。从外面能看见家里的贡台，香烛看上去没点燃多久。我们几个人一起下了车，周小昱和我走在前面，我们先敲了敲木板门，没人答应，又敲了几下，还是没人应声，周小昱不耐烦，便跨进了屋里。

我没跟着进去，屁股卡在门槛上开始抽烟。其他几个人也没进去，都在门外等着周小昱。

一根烟的工夫，周小昱才从屋里出来。

"一个人也没有。"周小昱自己也点起了一根烟，"小希外婆家还挺大，差点都走不出来了。"

"不会出什么事了吧？"卢小菲的声音有些紧张，"大门就这么开着，确定一个人都没有？"

裘小星轻拍了两下卢小菲的手臂，对卢小菲说："应该没什么事儿，小镇的人都这样，除了晚上睡觉，有人没人家里门基本都开着。"

卢小菲对裘小星的话将信将疑，不过也没有再继续问下去。

"我给小希打个电话吧。"说着我便拨起了谢小希的号码。周小昱想让我先别打，正欲伸手抢我手里的手机，结果迟了一步，手机接通了。

"希哥，我现在在你外婆家门口，你在哪儿呢，赶紧过来。"

谢小希那头很吵，有嘈杂的人声，还有各种我听不出来的乐器的声音。

"我真在你外婆家门口！"我感觉我的语气已经无法再真挚了，但是谢小希还是直截了当地挂了我的电话。

"小希不信,把我给挂了。"我对他们说。

卢小菲指着我笑了出来:"叫你平时爱说瞎话骗人,遭报应了吧。"

当时坐在门槛上的我拍了一下身旁李小宏的小腿。"小宏你打一个。"我仰着对他说。

"希哥,大哥、小珊、小川、小星、小菲和我现在在你外婆家门口,你在哪儿,过来一趟呗?"

李小宏没能坚持到第二句话。

"小希还是不信。"李小宏的语气还挺委屈。

"我就不信了。"卢小菲一把抓过李小宏的电话,接着打。

"谢小希你赶紧回来!你外婆家门口蚊子太毒了,咬了我一身的包!"卢小菲确实是从下车就一直在抱怨她被蚊子叮了,但是我没想明白她以此威胁谢小希的原因何在。

就算是卢小菲,也没坚持到第二句话。我们看见她气鼓鼓地攥着手机,另一只手狠劲地挠着手臂,想来手臂是重灾区。

"小希这次怎么说?"周小昱故意问卢小菲。

"他说我们在组团忽悠他。"卢小菲的语气和李小宏一样委屈。

"小昱还是你打吧。"李小宏说。

"现在我打也没用。"周小昱说这话时眼光落到了裘小星身上,"星姐,靠你了。"

"唉,就该让小星第一个打电话的。"我又点起了一根烟,谢小希如此不信任我,这让我很失望。周小昱蹲在了我旁边,对我说:"叫你他妈手快,拦都拦不住。"

"我这不是心情比较急切嘛。"

"放屁!"

这一声"放屁"说完,小星那边的电话也挂了。

"不会吧，谢小希连你都不信？"听语气，卢小菲似乎将对谢小希的看法有所改变。

"小希说有人结婚，全镇的人都去吃酒席了，他现在从那儿赶过来，叫我们进家里等他。"裘小星解释得很温柔，温柔得我差点从门槛上一个倒栽葱栽下去。好在周小昱用手支了我一把，让我免于去村镇卫生所走一遭。

我们几个人进去谢小希外婆的家里，发现里面别有洞天。穿过整个屋子，就看到一个不大不小的后院，说是后院，其实是几家邻居的房子的墙壁围出来的空地，四面墙上爬满了藤蔓。院里没有水泥地板，有土有泥，有看上去新生出来的草，还有各种我说不上来名字的花。即便是卢小菲，也说不上来那些花的名字，裘小星却如数家珍一般，给我们几个人上了一堂生物课。

我想男人对特定事物的兴趣的持久性应该是要比女人短得多的，因为赏花赏了没多久，周小昱和我就又回到门口蹲着抽烟，李小宏也跟着我们两个一起出来了，剩下三个女生在里面做学术研讨。

李小宏不抽烟，便在周小昱的吉普车周围瞎转悠，似乎对那辆车有着非常浓厚的兴趣。周小昱一直盯着李小宏，李小宏时不时瞥周小昱两眼，当时的我对眼前暧昧的景象感到十分不自在，我很想对屋子里头的卢小菲大喊："你家男人勾引汉子！"

我想周小昱也有点受不了了，于是他掏出车钥匙丢给了李小宏，说："想开车你就直接说。"

"我又不会。"李小宏还有点欲拒还羞。

"不会又想开，你就让我教你，"周小昱起身向李小宏走过去，一边走一边说，"但是别像个变态狂一样歪着脑袋看我，看得我下意识地想揍你。"

周小昱打开驾驶座的车门，示意他上车。李小宏嘿嘿一笑，跳了上去。

"钥匙插进去，先发动。"周小昱说。

"你不坐上来？"李小宏有些迟疑。

"不用，你脑子那么好用学开车小意思。"

我看着周小昱对李小宏信心满满的样子，想起了当年他对我说"你这么乖一定不会学抽烟"的样子。

"真不上来？万一呢？"虽然周小昱对李小宏显示出了强大的信心，但显然李小宏自己并不那么认为。

"别啰唆，脚下面一共三个踏板，最左边叫离合器，中间是刹车，最右边是油门。"周小昱把手伸进窗户，拍了拍李小宏的腿示意他抬起来，接着说，"看见没，离合器用左脚踩，刹车和油门用右脚踩。"

李小宏听得很认真，但还是问周小昱："我总觉得你还是得上来。"

"别废话，"周小昱一把把李小宏抬着的腿拽了下来，接着教学，"现在左脚踩在离合器上，对，踩到底，然后右脚搭在油门上，先别踩。"

"右手捏住排挡杆，水平靠左移动，保持好，往前推，对，挂住了，右手放回方向盘上。"

"慢慢松开左脚，慢啊，一定得慢，感觉到车在抖动了吗？好，轻轻踩右脚，对对对，感觉到车往前奔没有？好，就是这个感觉。"

"怎么没动啊？"吉普车晃悠得挺厉害，但车轮胎是一点没动。

"手刹没松。"

"手刹在哪儿？怎么松？"

周小昱没有回答，而是奋力跳起将半截身子送进了车里，拔掉了车钥匙。"今天先练这么多吧。"

李小宏也没再强求，开门下了车。

"你就坐上车多教点不可以啊？搞那么两下，连过干瘾都不算。"我实在看不过去，对周小昱说了两句。

"我是说你脑子最近不正常，"周小昱点上了一根烟，"这车又不是教练车，副驾驶还能有个刹车给你踩，没有理论知识和基础训练，就直接大马路上开车，你敢我可不敢。"

"又不是什么难学的东西，三下五除二就教完了，说得那么费劲。"

我和周小昱斗嘴斗得正欢，谢小希回来了。谢小希看着家门口停着的吉普车，眼睛都红了。

"大哥，吉普你开来的？"谢小希问道。

"不是我开的，小川开的。"

"算了吧，别蒙我，小川路痴。"

"这话什么意思啊？"我虽然路痴，但是始终不认为路痴跟会不会开车、开得好不好车有什么必然的因果关系。

"大哥这车视野可好了，我刚才坐上去跟坐公交车一样。"才上去体验了5分钟的李小宏，做出了一番十分精准的评价。

我们几个男生扯了几句闲话，周小昱一声大喊把卢小菲和裘小星叫了出来。看见裘小星，谢小希有些不自然了，刚才挤兑我的劲头没了。"你们怎么想到开车来我这儿了？"谢小希问道。

"还不是想着你肯定想小星想得不要不要的，我们就当护花使者把小星给你送来了呗。"我不能放过这个报复的机会。

"对！"周小昱也来了劲儿，说，"你对裘小星的思念催生出了伟大的兄弟情义，老子昨天一夜没睡觉，今天来这儿两三百公里，说来就来啊！"

谢小希被这么一说，只敢"嘿嘿嘿"地傻笑，裘小星也不恼。裘小星虽然不恼，但是卢小菲和穆小珊不是吃素的，卢小菲斜了李小宏一眼，杜绝了他说话的可能，然后对周小昱和我说："有那么厉害，小川想小枝想得也不要不要的，要不小昱也给送去丽江呗。"穆小珊也帮腔说道："小昱和小川的情义，肯定是赴汤蹈火在所不辞的。"

"我听小枝说，当时去的时候叫你了，你不去，小枝跟我说她还是感觉很遗憾的。"正所谓三个女人一台戏，裘小星也不是省油的灯。

谢小希在一旁笑得合不拢嘴，李小宏也憋着笑，样子有些滑稽。周小昱则恨得牙痒痒。"叫你嘴欠。"他骂我道。

面对这样的轮番抨击，低头认错不丢人："三位姑奶奶，是小的错了，恳请三位姑奶奶放过我一家老小。"

裘小星却说："你一家老小都在丽江呢。"裘小星这一句话引得大家都笑了，我也忍不住笑了，毕竟帮别人挖给自己跳的坑，确实是挺好笑的一件事。

我们几个人闲聊了一阵儿，日头便要落下了。周小昱躺在谢小希外婆的藤椅上已经睡了过去，卢小菲、李小宏和我一样在来的路上睡了一觉，精神还算不错。谢小希提议我们和他一起去吃结婚的流水席，卢小菲说："都不认识怎么好意思去。"谢小希说："人多没事。"

走之前穆小珊问谢小希要了一床薄毯给周小昱盖上，又让谢小希点了一盘蚊香放在周小昱旁边，走出门时又倒回去，把周小昱的钥匙、钱包一并装进了自己的包里。

穆小珊的举动我们都看在眼里，我对卢小菲说："看见没，多学学咱们珊姐。"卢小菲很不屑，说："小宏又不会像小昱那样。"

"小菲说得对，"穆小珊说，"小昱有时候就是个没长大的孩子，不像小宏那么稳重。"

卢小菲一时语塞，没再说什么，裘小星却接过话来，说："说到长不大，有时候小希也这样，犯起偏来，只有小昱他们能管得了他。"

听见裘小星这么说，谢小希回以标志性的"嘿嘿嘿"的笑声，没有言语。那时候天还没有黑尽，一抹晚霞仍在空中，我们六个人在乡间小路上走着，晚风带着淡淡的湿润，拍打着我们的脸颊。虽然昨天累积的劳累并没有完全消除，但并不影响我用最松弛的状态去迎接当时纯粹而美好的景色。

我感到幸运，我也感到遗憾。

幸运的是谢小希带我们来吃的流水席的菜做得香甜可口，一口气能吃下五碗饭；遗憾的是乡下的土酒并没有传说中的那么好喝。

那天的流水席摆在小镇的一个篮球场上，满满当当好几十桌，每桌满满当当好几十样菜，不说盛饭的碗，连小酒盅桌上也没有地方可放。所谓流水席，其他桌吃得比我们快得多，大多数人随便吃两口菜，再拿出带来的碗碟把剩下的菜盛完便走了。

"喝！"

谢小希想来是因为高兴，喝得很起劲。那时谢小希的酒量还很差，两口原浆米酒下肚，脖子以上就全红了。

与谢小希形成强烈反差的，是喝酒如同喝水一般的裘小星，在我昏昏沉沉之际，她还在慢慢悠悠地一颗一颗夹着菜碟里的豌豆。

"星姐酒量我服，"我对着裘小星抱拳，"我们几个只有小昱和小枝能跟你有一拼，可惜他们两个都不在。"

"小川啊！"谢小希蹲在板凳上，对我说，"我要是你啊！一个飞的我就去丽江找小枝了。你们从家里过来找我，我老高兴了，真的。你想想要是咱们再飞去丽江，小枝会高兴成什么样？"

裘小星也说："其实也不是不可能，小枝的行程还有五六天呢。"

卢小菲就更加激动了，说："我这就跟小枝打电话！"

"别！"李小宏眼疾手快地按下了卢小菲的手。

"去还是不去？"谢小希的声音越喊越大，吵得隔壁桌几个同样喝大了嗓门也同样很大的中年男人侧目。

我依稀记得就在那个傍晚，温柔的霞光消散过后，乌云便迅猛地笼罩了整片天空。月光在成片成片的黑云之中，时而出现时而又消失。流水席虽然快，但是很持久，篮球场上架起了灯，我发现穆小珊不见了。

"小珊呢？"我问道。

"小昱醒了来电话，接小昱去了。"小菲回答我说。

"想好了吗？去吗？"谢小希又问我，问得我有些烦躁。

见我不答话，谢小希拉上裘小星赏起了月亮，他说："小星，你知道天上一共有几个月亮吗？"

"不知道，你知道吗？"裘小星配合演出做得很到位。

"知道，我数给你看。"

"小希是不是醉了？"我听见卢小菲这么问道。

"都开始数月亮了，看样子是。"李小宏说。

"你吃饱了吗？还剩这么多菜，真是浪费。"我觉得卢小菲有些没话找话。但是李小宏接得很顺畅，他说："那盘梅菜扣肉肥肉少，梅菜也挺香的，我尝过，现在他们都没看见，我悄悄夹给你吃。"

此情此景，我很欣慰。于是我拍案而起，准确地说，是拍菜碟而起，我喊道："我去！"

"去哪儿啊你去？喝大了吧？"周小昱已经到了。

"去丽江，找小枝。"我说。

"妈的，看来是真喝大了。"周小昱坐下便开始吃，大快朵颐，像个几天没吃过饭的流浪汉一样。

"没醉。"我一边说一边一个劲儿地往他碗里夹菜。

"你不是说醉话？"周小昱嘴里塞着三片梅菜扣肉，含糊地问道。

"没有，想她了，想去找她。"我说。

"我也想去。"穆小珊举起了手。

"还有我们。"李小宏和卢小菲也举起了手。

"我们也想去。"裘小星举起了自己的手，也拉起了谢小希的手。

周小昱显然没有回过劲儿来，问道："别光说，怎么去你们想好了吗？"

"明天开车到机场，买到大理的航班，从大理坐大巴车到丽江，住处到了现找也来得及。"我说。

"可以啊，蓄谋已久吧？"周小昱两口扒完了碗里的饭，对我们说，"都跟家里打个招呼，我们现在就出发！"

于是，我们连夜动身。

据说，我们离开后，连日的阴雨便来了。

篇 五

会有时

十二生肖为什么没有猫，
这是一直困扰我们的问题。

>>>

披 风

1992 年出生的人，是属猴的。小时候因为看《西游记》，总是感觉属猴很骄傲。当然，这种骄傲并没有持续很长的时间，毕竟，还是挺幼稚的。

高三六月的某一天，我们走在回家的路上，李小宏没来由地问了一句："为什么十二生肖里面没有猫？"

我记得当时我们几个男孩对这个问题不甚感兴趣，世界上动物那么多，没有就没有呗。

但是花小枝感兴趣。

"对呀，为什么没有猫呢，猫这么可爱。"她说。

花小枝的话让我们很惊恐，因为花小枝曾经也夸过狗很可爱，而现在全小区的狗看见花小枝都躲着走。

那天路上，我们再也无话。

再过几天，就是高考。在我的印象里，那几天似乎比往年还要闷热。教室里老旧的吊扇似乎随时会掉下来，路边的野草野花开得似乎也没有往年茂盛。我还记得就在进入六月的那几天，我那每天下午都要打麻将，做晚饭从来不准点的老妈，开始准点在六点煮好一锅青菜，让我连青菜汤都要喝完。那几日学校也取消了晚自习，但是我们还是会回到教室里温书。

周小昱会拉着我们三个人在教室角落里斗地主，其实我们想过背一副麻将来，可毕竟搓牌的声音还是太吵闹。花小枝会时不时到我身后，指点我该如何出牌，也时不时会嫌我太笨敲我脑袋，换她来打。卢小菲那几天总是气不过李小宏跟着我们一起"堕落"，气鼓鼓地一个人坐在课桌边做练习题。我们也明白那几天李小宏复不复习，其实关系并不大，但还是提议李小宏去陪陪卢小菲，可有时候李小宏的赌瘾真的很大。隔壁班的裘小星也会跑来看谢小希打牌，就蹲在谢小希旁边，不吵也不闹，静静地看着。

那时的教室其实很空，高三的老师在操场上摆了一张大圆桌，等着给考生们 答疑，大部分同学都聚集在那里。周小昱很行为艺术地给老师们送去了几盘蚊香，但点蚊香时漏了馅儿，火机和烟一起掏了出来。老师们也只是开了他一句玩笑，没有为难。老秦也难得温和地告诉周小昱，让他少抽一点。

印象里那几天日子过得很慢，其实算来，也只有四天的光景而已。四天的时间里，没有作业也没有考卷，没有情绪激昂的老师，也没有神色比我们还紧张的家长，日子诡异得不像我们所听闻的高考前夕应有的样子。

在高中生涯的最后一个周五，周小昱和谢小希甚至带来了火锅底料和白菜猪肉。

我相信如果他们俩把炊具和食材摆到操场的圆桌上，将会引发一场别开生面的盛会。那天卢小菲来得稍晚，当她踏进教室看见角落升起的撩人热气时，出人意料地，她并没有如我们设想的一般或大叫或骂人，她拉了一把凳子，坐在了李小宏身边。李小宏递给她一副碗筷，还夹了两片五花肉。

我记得当时卢小菲手握着碗筷，看着碗里的五花肉，表情很微妙。

"我不喜欢吃五花肉。"卢小菲说着，夹起煮得发白的五花肉送进了嘴里。李小宏手里的筷子仍旧悬在半空，看着卢小菲，却不知如何是好。

"小菲想吃什么，赶紧让小宏下去买。"花小枝说道。

"对，再不买就没机会了。"谢小希补了一句。

"要你多嘴！"卢小菲终于骂人了。

谢小希耸了耸肩，表示很无辜，拉着周小昱去厕所抽烟。花小枝也冲我使了个眼色，对我说："小川，陪我去食堂买点粉条。"

我正操着筷子在锅里扒拉，"等一下。"我说。

"等不了了，现在特别想吃。"

"我也特别想吃，我那鸭血，刚下进去的，再不捞来吃就老了。"

"让小宏替你捞。"花小枝揪着我的耳朵把我拉了出去。

我想花小枝应该只是找个借口出去，留点空间给卢小菲和李小宏，毕竟人太多，情不怎么煽得起来。出了门，我对花小枝说："走吧，我们去操场散步吧。"

"散什么步，先去买粉条。"花小枝揪着我耳朵的手一直没有放开，我比她高了快二十厘米，她也不踮脚，扯得我耳朵生疼。

"你是真想吃米粉啊？"

"其实也没有特别想吃，"花小枝手指的力道又加了几分，说，"只是想你陪我去买米粉而已。"

那天傍晚，在罕见的闷热之中，吹来一阵凉风。花小枝取下束发的黑色皮筋，长发散了下来。我伸手撩起花小枝的头发，别在她的耳后，花小枝就在微风里笑盈盈地看着我。

"干什么呢！"身后突然传来一声吼叫，"你们两个哪个班的？"

就在我回过头的瞬间，发出喊声的人已经出现在我面前，几乎贴面，搞得我很尴尬。

"老师，我们是高三 12 班的。"花小枝对那人说。

"哦，高三的啊！"那位老师叹了口气，对我们说，"那赶紧回教室去看书吧。"

"可我们还没吃饭呢。"花小枝说。

"那赶紧去吃吧。"那位老师看着花小枝，却拍了拍我的肩膀。我笑了笑，准备走人，听见花小枝说道："谢谢老师，请问老师是哪个班的老师呢？"

"高二 12 班的语文老师，我姓谢。"

"那谢谢谢老师啦，您辛苦了。"花小枝对着这位谢老师鞠了个躬，接着拽着我开始狂奔，一边跑还一边狂笑，我全然不知道为了什么。

晚八点的校园异常安静，连虫鸟的叫声也没有，只有我和花小枝的脚步声——胶鞋底踩在大理石砖铺就的路上，发出刺耳挠人的尖锐声。来到食堂时，收拾晚餐的工作刚刚结束，准备宵夜尚早，有两位师傅坐在食堂门口的台阶上抽着烟，脸上的神情如闲云野鹤般惬意，全然没有打饭时见到的苦大仇深的模样。

花小枝在食堂门口停了下来，喘着粗气说："师傅，我们想买米粉。"

其中一位师傅抬起头来，眯着眼，看着感觉像没睡醒的样子，说："小妹妹，还没到宵夜时间呢。"

"我不买做好的，就买一斤米粉。"花小枝说。

刚才搭话的那位师傅看了一眼旁边的师傅，旁边的师傅也抬头瞄了我们一眼，说："小妹妹，买回家吃呀？"

"不是，"花小枝也坐上了台阶，坐在两位师傅中间，说，"我买回教室吃火锅。"

"你们老师谁啊？"两位师傅都乐得不行，被嘴里的烟呛得咳了起来。

"我们是高三的，晚上老师都不在。"花小枝突然又跳了起来，面朝两位师傅，双手合十说道，"麻烦两位师傅啦。"

"好吧，"最开始搭话的师傅站起身来，对我们说，"跟我来吧。"

花小枝回过头对我抛了个媚眼，一蹦一跳地跟着师傅进了食堂。我正准备跟着进去，还坐在台阶上的另一位师傅突然问我："大后天就高考了吧？"

我愣了一下，默默掐着手指算了一下，答道："是呀，大后天就解放了。"

那位师傅又乐呵呵地笑了，也乐呵呵地又被呛到了。"快进去提米粉吧，可别让人家小姑娘提东西。"他一边咳着一边冲我摆手。

等到我们拿到米粉出来时，之前的师傅手里正捧着一些碎肉末喂一只小猫。看见猫，花小枝就走不动道了，她蹲下来想摸那只小猫的头。但很显然，猫并不是很亲民的，特别是正在吃东西的猫。那只小猫突然弓起了背，身上的毛全竖了起来。

"它怎么不喜欢我？"花小枝问道。

师傅笑了笑，捋了捋小猫的毛，说："猫呀，不亲人的。"

"一点儿也不可爱。"花小枝噘起嘴，可又忍不住伸手去摸它，"它叫什么名字呀？"花小枝问师傅。

"没名字，学校里的野猫。"

"那我怎么没有看见过它？"

"人多的时候它就躲起来啦，你肯定就看不见了。"

花小枝似懂非懂地点点头，抬起头对我说："我们把它领回家吧。"

"啥？"

"我想养只猫，就它了。"

"它都不让你摸它。"

花小枝没有接话，只是对我眨着眼睛，两只大眼睛闪烁着奸诈的目光。

"你该不是要让我抱走吧？"我问道。

"想抓它要赶紧哈，吃完东西它可就跑了。"两位师傅坏笑着看着我。我想抓它，可完全不知道从何下手。

"这猫该怎么抱啊？"我问道。

"揪它脖子上的皮，一提就起来了。"说着师傅示范了一下，被抓起来的小猫也没有反抗，只是表情比较迷茫。师傅揪着它递给我，可我还是不怎么敢接过来。

"师傅不急的，你先让它把饭吃完呀。"花小枝还挺知道疼人。那只小猫可能是有了危机意识，被放下去之后吃得更起劲。等到师傅的手掌心被它舔得干干净净，我尝试着把它揪了起来。小猫不重，毛也不顺滑，手感很奇妙。

当我和花小枝一人提着粉条，一人提着小猫回到教室时，周小昱和谢小希已经回来了，裘小星也坐在了火锅前。

估计是看见人太多，小猫挣扎了两下，亮出了爪子，从我手里挣脱了。

"关门！"花小枝手里的粉条还没来得及放下，径直冲向了前门。

门虽然关上了，但是小猫一直在课桌底下乱窜，我和花小枝追着它的屁股跑，谁也逮不着。

角落那几个不明真相的吃火锅群众，一边吃着一边困惑地看着我们。"别光坐着看啊，过来逮猫。"我冲他们喊了一句。

"小川啊，我虽然爱吃，但是这猫肉，我还是有点接受不了。"周小昱的语气里充满了幸灾乐祸，反而是裘小星拽下了谢小希的钥匙串，拿在手里不停地摇晃，发出叮叮当当的声音。然后小猫就定住了，望着裘小星的方向。

"快下手！"花小枝喊道。我还没反应过来，小猫又被花小枝一声壮喝给吓跑了。裘小星做了一个噤声的动作，起身摇着钥匙串弓着身子，慢慢靠近那只小猫。

"还是你家裘小星有办法。"我冲着谢小希说，结果被裘小星白了一眼。

我想可能是裘小星有什么特别的巫术，最后她握住小猫的胳肢窝，把它抱到了火锅桌旁边。

周小昱端详了那只小猫老半天，最后问道："这猫，该怎么杀啊？"

"跟杀鸡差不多吧？"谢小希回答得很认真。

"走开走开！"花小枝推开了谢小希，坐在了裘小星旁边，"拿给我抱抱吧。"

当然了，那只猫肯定是不乐意的，但是花小枝把它摊在了腿上，摁住了爪子，小猫也没了脾气。

"它叫什么名字？"卢小菲问道。

"野猫能有什么名字。"我说。

"有的，"花小枝摸着它的脑袋说道，"叫披风。"

"啥？"周小昱差点被五花肉烫到了舌头。我们很能理解周小昱的惊讶，因为"披风"的发音在我们的家乡话里，是个骂人的词语，而且还挺恶毒。而我惊讶的地方在于，花小枝怎么这么快就给它起了个名字。

"哪个'披'哪个'风'？"裘小星问道。

"就是穿的那个'披风'啊！"

我望着那只被花小枝赋名叫披风的猫，突然觉得它很可怜，我问道："你怎么给它取这么个名字？"

"觉得好听。"

"披风，披风……"李小宏嘴里喃喃念着，"我也觉得好听。"李小宏还在回味着，冷不丁却被卢小菲敲了下脑袋，卢小菲说："你要是敢在你妈面前说这两个字，免不了要挨骂了。"这时周小昱和谢小希齐声说道："那必须的！"

　　花小枝也不理他们，自顾自地摸着披风，裘小星则在一点一点指导着花小枝抚摸猫的手法。

　　"你想养它吗？"裘小星问花小枝。

　　"想呀，可是我妈不喜欢我养小动物，说她过敏。"花小枝回答道。

　　"那可惜了，这只猫长得很漂亮。"

　　"嗯，没关系，拿给小川养就行了。"花小枝娇媚无限地看了我一眼，看得我夹起的粉条都没敢吞下去。

　　"你不怕我把它养死了啊，你又不是不知道，仙人掌我都能养死。我看小星这么懂猫，要不小星养吧。"对于养活物，我是真没有信心。

　　花小枝却笑盈盈地对我说："小星家里本来就有猫了，你不养我以后就不嫁给你了，把披风养死了我也不嫁你了。"

　　听到花小枝这么说，其他人也放下了筷子。

　　"这是求婚？"周小昱说。

　　"这是逼婚。"谢小希说。

　　"小川，压力全在你这里了。"卢小菲说。

　　"我可以教你怎么养猫，很轻松的。"裘小星说。

　　我记得当时我想了很久，迟疑了很久，久到汤底煮干见了底，久到披风在花小枝腿上睡了过去。

　　久到转眼，就是高考来临。

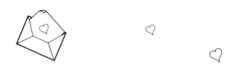

大　雨

大雨就要来了。

抱披风回家的第一天，我研究了很久，它究竟是公是母。摸索一番之后，我确定披风是只小母猫。我想我要给她准备一些小棉签，我不清楚披风她能不能分清小棉签和小公猫的区别。

披风把爪子搭在玻璃窗上，看起来挺惆怅。

"披风，讨厌下雨吗？"我问她。

她头也不回，喵地叫了一声。

我觉得她在叫我滚。

渐渐地，雨停了，已是深夜。披风还是趴在窗边，不知道她在看些什么。或许她什么也没看，就只是那么趴着而已。

"我要出门了。"我对披风说。

"喵！"

这意思我懂。

我蹑手蹑脚地出了门，大雨过后的屋外还有些冷，我点了一支烟，散漫地走在路上。没走多久，迎面碰上刚从外面回来的周小昱。

看着周小昱摇摇晃晃的样子，我问他："又喝大了？"周小昱一手搭在我肩膀上，作势要吐，最后又强忍了回去，说："还有二两的量。"

我扶着他坐在马路边上，问他："你也是够潇洒的，这都什么时候了还喝成这样。"

"心里不舒服，多喝了点。"周小昱一边说着一边掏着口袋，最后对我说，"拿支烟给我，我喝酒的时候散完了。"

"和小珊吵架了？"我问他。

"没有，小珊忙着复习，哪有时间跟我吵架。"

"那你是怎么了？"我问道。

周小昱吐了一个大大的烟圈，也没有再说什么。过了很久，他开口问我："你是怎么回事，大半夜出来。"

"睡不着，出来溜达。"

"又挨小枝骂了？"

"我有那么笨吗，至于天天挨骂？"

"那你是怎么了？"周小昱问道。

"你告诉我你怎么了，我就告诉你我怎么了。"

周小昱甩了甩头发，头发上的雨水溅了我一脸，说："你怎么那么幼稚？"

"那我不能吃亏啊！"

"你这话怎么说得那么像小希。"周小昱说着，像是恍然大悟一般，一拍大腿，"打电话叫小希和小宏出来！"

"有毛病啊，这都几点了，小宏他妈发现了指定告你爸。"

"小宏他妈就是烦人。"

"别骂人啊！"

"我没骂人。别啰唆了，叫吧。"

"要叫你自己叫。"

周小昱喷着酒气，对我说："叫就叫，小枝我也叫。"

"有毛病啊，你敢叫小枝我就敢叫小珊。"

"叫就叫，怕你啊！"说着，周小昱操起手机就开始打。

"怕你啊！"我也拨起了电话，出乎意料的是，穆小珊接电话的速度很快。

"小珊啊，不好意思这么晚打你电话。

"是啊，喝醉了，在路边坐着不肯回家。

"不安全，这样吧，我让小希到你家楼下接你过来。"

周小昱听完我打的电话，估计想死的心都有了，对我说："你他妈还真打啊！"

"废话，你不也打了吗？！"

"我这不没打通吗？"

"怪我咯？"

周小昱一把抓过我手机，看了通话记录，一脸绝望的样子。他回拨了电话，递给我："赶紧跟小珊说我已经回家了。"

"自己说。"

周小昱赶紧挂了电话，继而开始给谢小希打电话。周小昱给谢小希交代完任务，又不死心地用我的手机给花小枝打电话。当然，没有任何意外，花小枝还是没有接电话。

"花小枝怎么睡那么死？"周小昱又点起了一支烟，我猜他在预想穆小珊到了之后该如何解释。

大概过了半个小时，穆小珊和谢小希到了。谢小希看样子瞌睡还没醒，眯着眼走过来的时候都不知道他到底有没有好好睁开眼睛看路。穆小珊走过来站在周小昱面前，呆呆地站着，周小昱也抬起头看她，软绵绵的，看着一点力气也没有。短暂的对视之后，穆小珊突然摘走周小昱嘴里叼着的烟，塞进了自己的嘴里。周小昱傻呵呵地笑了，笑得像学校附近捡破烂的那个精神病流浪汉，接着周小昱抱住穆小珊的腿跪在了地上。

那时谢小希终于清醒了一些，问我："今晚他妈什么情况？"

"我也不知道。"我起身搂住谢小希的肩膀，"走，陪我撒个尿去。"

等我和谢小希溜达了一圈回来，周小昱和穆小珊还在抽着烟，我以为他们两个人会好好吵一架，结果却没有。

"珊姐抽烟的样子够有范儿！"我对穆小珊竖起了大拇指。

"嗯，跟大哥就是配，一看就是大嫂的样子。"谢小希在捧哏方面有比较独特的天赋。

穆小珊也不接我们的话，反而问我们："今晚谁陪着小昱的？也不拦着他一点？"

"唉，"谢小希戏很足地叹了一口气，"这个周末过完就要高考了呀，以后都不知道能不能聚在一起了，想到这儿一伤感，就喝多了嘛！"

听完，穆小珊说："那等考完试再喝也好呀！"我不知道周小昱用了什么花言巧语，总之锅是我们背了，于是我说："考完试了，还真不一定有心情喝酒了啊！"

"为什么呀？"穆小珊问。

"万一考得太差了呢？"我说。

"那可有人要哭了。"

"那可不是嘛，我妈不知道得哭成什么样。"

穆小珊笑了，说："小川你别装傻，我说的是谁你知道的。"

"花小枝会哭吗？"谢小希倒是很关心。

"我觉得不至于吧。"我说。

"我是说，花小枝会哭吗？"谢小希又问了一遍。

"你到底什么意思？"

"就是花小枝有没有泪腺？"

我还没回答，周小昱忍不住了，冲着谢小希说："你还没膀胱呢，谁他妈没泪腺。"末了又补了一句："但是我觉得花小枝可能听力不太好。"

"啥？花小枝听力不好？你开玩笑呢，英语考试哪次她不是130、140的分数啊？"谢小希可能觉得周小昱真的喝多了。

"有病啊！"周小昱的手指在耳朵边打着圈儿，"我说的是听力，physical 的听力，OK？"

周小昱是真的喝多了，因为他开始飙起了英文。周小昱的醉酒程度通过他所说的语言就能判断得出来，开始说普通话了，那就是喝高了；要是开始说英文了，那就绝对是喝醉了。谢小希明白周小昱的意识已经不清醒了，也没再接他的话。

大家无话，就静静地坐着，偶尔有夜归的人从我们眼前走过，冷不丁会被吓一跳，等人家镇定了情绪接着往前走了，周小昱就会大叫一声又吓别人一跳。得亏那晚没碰见如同周小昱一般醉酒的人，不然肯定得打起来。

我记得那时我们并排坐着，悠然地抽着烟，完全没有想过48小时之后，我们就要步入高考考场的事实。

"小珊准备考哪里？"谢小希一根烟抽完了四分之三，双手搭在膝盖上，优雅地用中指弹出烟蒂，脑袋斜枕着手臂，痞得不能再痞，配上金丝眼镜，像个有文化的小流氓。

穆小珊几乎是脱口而出："厦门。"

"那就是厦大了？"

"差不多吧。"

"那也太亏了，"我说道，"不说清华、北大，人大、同济你还是挺有把握的吧。"

"不太想去北方和江浙一带，喜欢厦门。"穆小珊说话时瞥了一眼周小昱，可周小昱正拿着手机，不知道在打给谁。

　　"对，你还是过来一趟吧！"周小昱的电话讲得眉飞色舞，"对！就是今晚，拦都拦不住，反正我是拦不住了。"

　　"这就对了。这样吧，我让李小宏到你家楼下接你，你赶紧穿衣服。"

　　"你又叫谁了？"穆小珊问道。还没等周小昱回答，我抢先问道："你该不是又打电话给小枝了吧？"

　　"没有。"周小昱大手一挥，差点把坐旁边的谢小希的眼镜薅下来，"小希，赶紧跟小宏打电话。"

　　"怎么，要叫小宏来啊？"谢小希问道。

　　"嗯，叫他，顺便让他去裘小星家楼下接她过来。"周小昱说得很自然，很淡定。听完周小昱说的话，谢小希的脸凑到了周小昱的耳朵边："啥？"

　　周小昱像触电一样，侧身倒了下去，顺带也一脚踢翻了谢小希："我他妈又不聋，凑这么近有病啊！"

　　"你才有病！"谢小希迅速地保持住了平衡，又凑回了周小昱耳边，"你叫裘小星干什么？"

　　周小昱打了个酒嗝，说道："因为我想。"

　　"那你怎么跟她说的？"谢小希显然是认栽了，不过还存有一点点幻想。但是他面对的是周小昱，幻想并不会成真，因为周小昱说："我说你非要跟她表白，不然就要跳河，我们拦都拦不住。"

　　谢小希还在混沌状态，我提醒他赶紧跟小宏打电话，叫他去接裘小星。谢小希的电话还没打通，穆小珊的手机却响了起来。

　　"小宏打来的。"穆小珊看看手机又看看我们仨，表情比较迷茫。

　　"接吧。"我说。

　　接通李小宏电话的穆小珊脸上的表情阴晴不定，我们也不知道发生了什么。

　　只听见穆小珊最后对李小宏说："我也不知道，你先别急，我现在和小昱、小川、小希在一起，我们一起去找。"

穆小珊挂掉电话之后，站起了身，对我们说："小宏说小菲丢了，我们现在一起去找。"

"啥？"

"小宏说晚上送小菲回家的时候和小菲吵架了，小菲一直没回家，小宏刚才就是打电话问我知不知道小菲在哪儿。"

"小宏问过小枝了吗？"我问。

"问过了，小枝也不知道，现在小枝也出来了。"穆小珊说。

谢小希问道："现在怎么找法？"

这时，周小昱突然"腾"的一下站了起来，速度快到竟然带起了一阵风。

"小川先去找小枝会合，然后你俩去跟着小宏；小希先去接小星，然后去小菲家小区顺着上学的路找回学校；我和小珊……"周小昱的指令还没下达完，"哇"地一口吐了。

看着周小昱一时半会儿也走不了，我说："你和小珊在这儿先吐会儿吧，我和小希先去。"

"叫小宏别急，小菲丢不了。"周小昱弯着腰还没吐完，还不忘嘱咐我和谢小希。

"你怎么知道丢不了？"已经在原地踏步的谢小希问道。周小昱像个ATM机一样吐个没完，穆小珊一边拍着周小昱一边对谢小希说："小菲那么喜欢小宏，舍不得丢的。"

"丢肯定丢不了，关键是这么晚怕遇见坏人，我们还是赶紧走吧。"说着我推了谢小希后背一把，"就别他妈热身了，赶紧走。"

谢小希跑出去了两步，回过头来看我，见我还站在原地，又跑了回来，保持着跑步的动作，问我："你怎么不走？"

"废话，刚才小珊不是说小枝出来了吗？我在这儿等。你要再磨叽，

裘小星得发飙了。"我说。

事实证明苦口婆心永远没有威胁来得有效,谢小希蹿出去的速度一点也没有比体育课考试时慢。谢小希跑出去没多久,花小枝出现在了路口。

"你们速度这么快?"我想花小枝肯定误以为我们是被李小宏聚集在一起的。

但是花小枝毕竟是我们之中最聪明的人,没等我们回话,她就说道:"小珊家在那头,不可能这么快呀,你们早就在这儿了?"

"嗯。"穆小珊说。

"大哥又喝醉了?"花小枝接着问道。

"我没有,"好不容易吐完坐下的周小昱又"腾"地站了起来,"我没喝醉,我还能走直线,不信我走给你看。"

我不知道花小枝当时有没有兴趣看周小昱表演走直线,反正我是完全没有心思。"小珊你看好小昱哈。"说完我便拉着花小枝的手跑了出去。

也不知道跑出去了多远,我突然停了下来,花小枝和我一起喘着粗气。气息稍微平复下来,我对花小枝说:"我好像忘记了一个很重要的问题,我们该去哪儿找?"

花小枝的脸蛋因奔跑变得微微透红,也或许是因为很生气,她说:"我还以为你知道去哪儿找,跑这么快我连说话都说不上。"

"我被醉酒的大哥弄烦了,脑子不太清楚。"我解释道。

"别扯了,找人要紧。小宏已经去公园了,我们去学校找。"没等我说些什么,花小枝如同报复一般,拽住我的手飞也似的奔了出去。

雨后的空气很清新,也很不自然。清新是因为连日的闷热,不自然也是因为连日的闷热。其实我对于卢小菲不甚担心,并非我对卢小菲毫无关心的情分,只是觉得无论如何,卢小菲是会被找到的,就如同我们所有人都坚信将来的某一天,卢小菲会嫁给李小宏一样。同时我也在想,卢小菲心里或许是苦闷的，纵使折腾来折腾去，结局还是注定的，但过程却未必是让卢小菲满意的。

我和花小枝跑到学校时，谢小希和裘小星也到了。

"找到了吗？"裘小星问道。

"没有，一路过来都没见到。"花小枝还没来得及停下来喘口气，我又拉着她往教学楼去了。我一边跑一边对谢小希说："小希赶紧打电话给小宏问他那边什么情况，不行再打给小珊，让大哥找些人来一起找，我和小枝上教室去看看。"

说实话，半夜里的教室阴森得有些瘆人，我和花小枝沿着走廊搜索时，听见谢小希在楼下喊："别找了，小宏找到人了。"

"在哪儿？"

"坡上。"

"哪儿？"

"小时候挖泥巴、捏小人儿的那个山坡上。"

"卢小菲大半夜跑到那里干吗？"

"我他妈哪知道。"

"那我们也赶紧过去吧。"

"叫上大哥和小珊，人多热闹。"

"怕鬼就怕鬼，还人多热闹。"

"小川，你看你背后是什么？"

"什么？"

"你背后窗子上，趴着个什么啊？"

对于谢小希的话我几乎是不信的，因为我和花小枝现在在5楼。但我还是忍不住问了花小枝："我们背后窗子上真有什么吗？"

"你个大男生好意思让我看？"

"我这不是真有点怕嘛。"

　　"被希哥吓唬，王小川你有点太丢……"花小枝正说着，我瞥见她转过了头。而突然间，花小枝的声音戛然而止。忽然间什么声音也没有了，只剩呼呼的风声，吹得更加瘆人。

　　"小枝？"我试探地喊了花小枝。

　　没有回答，我感觉我牵着花小枝的那只手正在变得僵硬。

　　"妈的，不管了！"我心想着，回过了头。

　　我的背后，真的浮现了一张人脸！

　　"花小枝你有病啊！"我看见的是花小枝悄悄在我身后做的鬼脸。而如我最初所坚信的一般，身后的玻璃窗上其实真的什么也没有。

晚　安

　　几年以后，我偶然听见了一首叫《晚安》的歌，是国内一个叫丢火车乐队的歌。里面的旋律我很喜欢，而更喜欢的，则是其中的一句歌词：你会不会突然地想起我，在某个没有睡意的清醒时刻。

　　我想这句话用来形容当时我们烂漫又固执的感情观，再合适不过。

　　晚安 愿长夜无梦在所有夜晚安眠
　　晚安 望路途遥远都有人陪伴身边
　　想说的话都没有说完还是会有些遗憾
　　这一生有些短
　　晚安
　　晚安 在醒来之前我才会说出再见
　　晚安 在天亮之后那事非与你无关
　　我们离开荒芜的绿洲
　　回到没有阳光的白昼
　　你醒了尽管我

所有的美梦都没做完

你会不会突然地想起我

在某个没有睡意的清醒时刻

想把身上所有枷锁全部挣脱

只为自己做了选择

你会不会突然地忘记了

就这样等待到底是为了什么

不安的心渐渐干涸失去了颜色

再也不会想起我

晚安

晚安 愿长夜无梦在所有夜晚安眠

晚安 望路途遥远都有人陪伴身边

　　我记得当我在 2015 年听到这首歌时，我把它分享给了当晚在场的所有人，分享给了 2010 年的他们。

　　据说，当晚的卢小菲躲在我们小时候常去的山坡的坡顶，蜷缩在大树底下。在月光下的卢小菲几乎与那片山坡融为一体，我无法想象当李小宏找到卢小菲时心中的感受，但用谢小希的话来形容，应该是"能他妈把我吓个半死"。我想谢小希的形容是有根据的，因为那片山坡上有一些零零散散的坟墓。

　　谢小希曾声称在那里看见过鬼火，虽然后来被证明谢小希看到的其实是萤火虫，但他一个人从来都不敢去那片山坡。很难想象要是裘小星跑去山坡顶上躲着，谢小希将会面临怎样的窘境。不过话说回来，也很难想象，裘小星会像卢小菲一样真的在凌晨三四点跑来一座充满如同鬼火一样的萤火虫的山坡顶上。

　　所以在我和花小枝、谢小希、裘小星赶往山坡的途中，讨论得最热烈的问题是这一次李小宏究竟说了什么傻话，惹得卢小菲如此生气。

"这已经不是说错话能解释的情况了。"谢小希走在路上，表情像是中了彩票一样。

"嗯，我也觉得。不是说错话，那就只能是做错事了。"我说。

"那能做错什么事呢？"谢小希问。

我说："我也奇怪，小菲这么个性情的女子，小宏得做什么缺德事儿才能把她气成这样啊？"

我和谢小希正说得兴起，花小枝突然打断我们，说："你们两个人像说相声一样，一唱一和的，小菲肯定就是快高考了情绪不稳定，你们别瞎猜了。"

"我觉得小枝说得没错，从考场走出来，今后的命运都不是我们自己能够掌握的了。"裘小星接着花小枝的话，说得很"成人"。

"嗯，小菲内心敏感，她的感受应该比我们都深刻。"花小枝看来很认同裘小星的看法。裘小星也接着说道："对的，特别是到这种时候，小宏越是冷静，小菲的情绪就越可能崩溃。"

"打住！"我赶紧止住花小枝和裘小星的午夜感情咨询问答，对她们说，"你们两个才像说相声的。"

不过我觉得花小枝和裘小星说得确实在理，于是我很没有道德地问了裘小星一个问题，我问她想去哪座城市上大学。因为我知道，谢小希一直想去北方。

"考得上哪儿去哪儿。"裘小星的回答异常干脆。我记得当时我第一时间回头看了一眼谢小希，他的表情没有任何的变化。于是我再次没有道德地问了谢小希一个问题，我问他是不是一直想去北方的城市念大学。

"是啊，吉林省。"谢小希的回答也同样干脆。谢小希的回答也勾起了花小枝的兴趣，花小枝问道："这么精确？有什么原因吗？"

"我爸就是在吉林省念的大学，虽然我爸念的吉大应该是考不上的，但是其他学校可以试试。"诚然，我们之中有能力挑学校的人，毕竟是少数。

在谢小希骄傲地回答完花小枝后，裘小星小声地说道："原来你想去吉林是因为这个原因。"

"你不知道吗？"我问裘小星。

"我们没有深入谈过这个问题，也不敢谈。"裘小星说。

谢小希此时想说些什么，被花小枝拦下。"那我们就此打住，考完试再慢慢说。"路灯不甚明亮，但是花小枝的眼神很犀利，一如我在16岁向她提出是否可以发生关系时一般。

谢小希当时问我要烟，我说："你自己不是有吗？"他说我这么坑他应该发给他一支烟，我说你也可以坑我，他说我可没你这张贱嘴。

听谢小希这么一说，我自然就不再争辩，抽出一支烟递给他。谢小希那时抽烟的样子很惆怅，他一边走着一边抽烟一边抬头望月。那时夜里已经泛起了淡淡的白雾，天空中总是覆着几片硕大的乌云，月亮也时隐时现。我看着谢小希的模样，轻声地问他："你有想象过以后的生活吗？"

谢小希诧异地看着我，或许是没有预料到我突然问这样的问题，也或许是没有想到我如此小声，他笑了笑，不似他本有的狡猾而又闪烁的笑，说："没有想过。"

那时花小枝也在和裘小星小声地说着些什么，她们走在前，我和谢小希走在后，我看着花小枝的背影，对谢小希说："我觉得时间不是问题，距离也不是问题，我们还年轻，我们也有理想，我们应该先去追求我们想要的东西。"

听我说完，谢小希标志性的微笑出现了，他说："王小川你他妈竟然还有理想。"我说："人又不是咸鱼，理想总归是有的。"

"那你说来听听。"谢小希发了我一支烟，来了兴趣。我接过烟，点上，对谢小希说："理想这种东西怎么能随便说呢？"

"你逗我开心呢！"谢小希不乐意了。

"说出来怕别人笑话。"我说。

"都多少年同学和兄弟了，谁会笑话你？"谢小希说得很诚恳，我也觉得他得在理。可是我就是说不出口，即便对花小枝，我也没有说出过自己的理想。我想我是我们当中最早有明确理想的人，我坚信其他人对未来的生活并没有任何明确的规划和设想，即便有，也极其模糊。就拿花小枝来说，她希望摆脱牢笼般的高中生活之后，能够拥有一个自由的身体和自由的灵魂。我问她何谓自由的灵魂，她却说不明白。

我想我是一个早慧的人，可我的学习并没有因为我自认为的早慧有所提高。或许我所追求、所想要实现的理想，并不如我自认为的一般强烈。

这么聊着想着，我们四个人就到了山坡的坡脚。谢小希十分行为艺术地大喊了一声，我不知道在坡顶的李小宏和卢小菲有没有被吓到，但是站在谢小希旁边的我们三个人，着实被谢小希这声没来由的大喊吓了一跳。

我气急败坏地踹了谢小希一脚，谢小希差点摔了个跟头。

"妈的，小川你干什么？！"谢小希骂道。

"我还想问你干什么呢？！吼这么一声吓不吓人？"我说。

"我还不是为了壮壮胆。"谢小希还挺委屈。

"妈的，我们四个人，怕什么？"

"小希怕鬼，"裘小星答道，"也怕你半路吓他。"花小枝当时"扑哧"笑了出来，她伸出手来揪住我的嘴巴，对谢小希说："别怕，我保证小川这张大嘴一句话也说不出来。"

我忙挣脱花小枝的手，然后突然抱起花小枝，开始往山坡上奔去。花小枝"啊"的一声叫了出来，叫声比刚才谢小希的还要大，但她一点挣扎的意思也没有。

"你怎么胖了？"我喘着粗气问花小枝。花小枝双手环住我的脖子，一个劲儿地往下拉。"因为今天没有拉屎。"她说。

"你怎么这么粗俗？"

"因为你一点也不绅士。"

其实我抱着花小枝爬了没有多远，便体力不支把她放了下来。花小枝斜着身子，双脚着了地，可手还扣着我的脖子。"有本事你抱我到坡顶去。"说着，花小枝双脚离地，跳到空中，我只好接住她。

"再抱我这腰就不能要了。"我说。花小枝的嘴唇贴着我的耳朵，吐着断断续续的气息，对我说："不能要了正好，省得以后你上了大学乱来。"

"这个方法不太好，不能和别人乱来，那岂不是也不能和你乱来了？"我转过花小枝的身子，想要去亲她。她伸出一只手挡在我的面前，我赶紧又把她放了下来。这次她没来得及扣住我的脖子。

"你耍赖！"花小枝骂我。

我还在想着如何继续耍赖，谢小希和裘小星已经赶上了我们。

"你们好有情趣。"裘小星打趣我们道。花小枝整理了一下头发，说："这是小川在光天化日之下耍流氓。"

谢小希竖起了大拇指，说道："小枝这个成语用得好！"裘小星则笑着说："待会儿告诉小昱，让小昱他爸带小川去警察局。"

听裘小星说完，花小枝也笑了，说："小昱跟他是穿一条裤子的。"裘小星点了点头，"也是，不光他们两个，"裘小星指着谢小希说，"他们四个都是穿一条裤子的。"

我和谢小希无奈地耸耸肩，一行四人继续上路，爬上眼前这座并不高的山坡。

准确来说，我们爬的是一个土坡。除了坡顶的几棵大树以及大树底下面积微小的草皮，几乎只剩下沙石。其实在我们很小的时候，并不是这样。据说有一年起了一场大火，便什么也不剩了。据李小宏考证，就在那场大火之后，这片土坡的泥土更适合用来捏泥人了。

我不知道李小宏的考证是否真的具备什么科学依据，但是既然是李小宏说的，我们选择了相信。我的家里现在还留着当时挖泥巴捏的东西，虽然我叫不出我捏的究竟是个什么东西。曾经我想把它送给花小枝当作生日礼物，不过被花小枝当场拒绝了。李小宏曾捏过一个小泥娃送给卢小菲，据说卢小菲至今还留着。

半坡中我徒手挖起了一块泥巴，掰出了中间比较柔软的部分，揣进了口袋里。我听见裘小星轻声问谢小希："小川这是在干什么？"

"挖泥巴。"谢小希回答道。

裘小星说："有点吓人。"

花小枝则直截了当地对我说："不管你要捏什么，请你考完试再送给我。"

"不送给你，"我说，"这次我要给我自己捏一个。"

"捏一个什么？"花小枝问完，又自己答道，"算了，你肯定也不知道你捏的是个什么东西。"

我没有说什么，只是笑了笑，也不知道花小枝有没有看到。

不算高的土坡，我们似乎爬了很久。等爬到坡顶，在仅有的几棵树下，我们并没有看见李小宏和卢小菲。我试图打李小宏的电话，但是那里手机信号极差，根本打不通。

"这就有点吓人了。"我说。

"现在怎么办？"谢小希问我。

"喊吧。"花小枝说。

那时月亮适时地躲进了乌云里，仅有的一点光亮也消失了。谢小希第一个喊了出来。

"小宏你妈在哪儿？"

虽然我几乎可以确定谢小希是因为紧张而发生了口误，但是为了保险起见，我还是拉住他，问道："你喊的是啥？"

谢小希说："小宏你他妈在哪儿！"

"好，那继续喊，"我说，"但是请你喊清楚。"

我记得当时我们喊了很久，声音传出去很远，远到我们自己听见了都感觉有些害怕。"出事了。"裘小星开始慌乱了。

"别急，我们先下去，找信号打电话。"说着花小枝握住了裘小星的手。

我们四人刚下坡，我的手机响了，周小昱的电话。

"还在坡上吗？"电话里是穆小珊的声音。

"在。"

"你们现在在路边等着，有车来接你们。"

"什么情况？"

"小昱找了个朋友开车来接你们，一辆银色面包车。"

"小宏他们俩呢？"

"已经接走了。"

"那不早说，我们在坡上没找到人吓得半死。"

"小昱也是刚刚才让我给你打电话的。"

"他酒醒了？"

"还没有。"

放下电话，我给花小枝他们大致说了情况，大家都是一脸"逗我玩儿呢"的表情。不过确定李小宏和卢小菲无事，大家也都轻松了下来。我们在路边等了大概有十分钟，车到了。周小昱的朋友把我们送到了学校，李小宏和卢小菲在，周小昱和穆小珊也在。

周小昱靠着学校校名的牌匾，见车到了，抬起头跟他的朋友打了个招呼，就又把头埋了下去。而穆小珊手里拿着一根烟，吸完一口塞进了周小昱的嘴里。在路灯之下，我看见卢小菲的脸有些微微浮肿，眼睛有些红润，似乎一直在哭，哭了一晚上。李小宏则瘫坐在地上，眼神似乎在看着校门口明晃晃的路灯，眼睛睁得很大，也不知道为什么他不觉得灯光刺眼。

"阿嚏！"

没有我想象得那么神，李小宏只是为了借着强光的刺激，打一个舒舒服服的喷嚏。

"好嘛，现在是凌晨 4 点 57 分，我们人全到齐了。"谢小希说道。

"我第一次这么早上学，早到学校门都还没开。"我说。

李小宏略显疲倦地站起身，看了看周小昱身后的校名牌匾，说道："完了，小川好不容易来早一天，居然是个星期六。"

"正赶上学校放假！"卢小菲补充道。

卢小菲的声音略显颤抖，我打趣她道："菲姐，今晚和小宏满城这么躲猫猫好玩儿吗？"卢小菲说："好玩儿得很，下次还来，不能像这次这样这么轻松被他找到了！"说完，卢小菲拉着另外三个女生走到一旁，悄悄地说着什么。

"完了，"谢小希勾过李小宏的肩膀，说道，"几个女生肯定在商量下次应该躲到哪里。"李小宏无奈地摇了摇头，我问他："胆子够大啊你，居然想强奸卢小菲。"

"啥？"李小宏几乎是叫了出来，还惊醒了一旁睡觉的周小昱。

"你如果不是要强奸卢小菲，她至于闹这么一出？"谢小希问道。

"没有！"李小宏说，"我送小菲回家，在她家楼下，她跟我说晚安，我说那赶紧回家休息，这两天放轻松，星期一加油。"

"然后呢？"周小昱用手撑起了脑袋，悠悠地问道。

"然后小菲就上楼了。"

"再然后呢？"周小昱点了一支烟，揉着太阳穴问道。

"再后来，小菲她妈打电话跟我说小菲没回家，问我知不知道她在哪儿。"

"就这样？"谢小希显然不相信。

"真的！"

当然，那天我们四个男生并没有参透卢小菲生气的真正原因。就算李小宏最后找到了卢小菲，卢小菲也没有告诉李小宏她究竟为何生气以至于半夜不归家，惹得一群人到处找她。

那是高考前夕，最后的闹剧。

而很久以后，花小枝告诉我，那晚卢小菲之所以生气，全然只是因为李小宏没有对卢小菲说一声晚安。

一声晚安，就是这么简单。

醒 来

　　我想，人生就是由一个又一个的插曲拼接而成的。或许很多年以后，那些被称为人生转折点的重要时刻，也并没有那么重要，反而是那些当时看起来不起眼的小事，会成为记忆中最闪闪发光的片段。比如，我对四门亲自参考的高考科目的记忆，一点也比不上那几天一只丢失了的小猫。

　　我的考场在市郊的一所学校，很不幸，我是我们这群人里唯一一个被分到那所学校考试的人。其他人都留在本校，考试前半小时起床，洗漱完毕，再到学校门口买份早餐，实在惬意。假如忘带了准考证，也能及时回家跑个来回，仍然能够准点开考。

　　从这个方面来说，我无疑是最惨的一个。为此我爹妈特意跑到市郊那所学校旁边找了一家小旅店，开了两间房。一间给我，另一间给他们，作为督战室。我想如果不是迫于舆论压力，我爹妈肯定不会千里迢迢来陪着我考试的。那两天把我妈闲得愣是在荒郊野岭找到了家棋牌室。

　　不过说实话，我还是很感动于我爹妈的举动，毕竟从我家坐车到考场，不堵也要一个多小时。可考试的那两天我并没有如愿每天多睡一个多小时。

原因是披风。

我爹妈不知道我往家里带了只小猫，他们也不知道我把小猫也带到了旅店房间里。披风蜷缩在墙角，颤颤巍巍，站都站不稳。披风本就很小，加上猫本身对外界环境很敏感，本来刚熟悉我卧室的环境，结果又被拉来成了陪考大军。

不过这些都是后话，我当时并不知道披风来到小旅店后怯怯懦懦的表现究竟是为何。

我以为它生病了。那是高考前的最后一个晚上。

我下楼在旅店前台问他们附近哪里有宠物医院，他们说没有，即使有也肯定没人了。我跑回房间，披风仍然是病恹恹的样子。于是我给花小枝打了电话。

"披风好像病了。"

"怎么了？"听花小枝的声音，我感觉她是被我从梦中叫醒的。

"我带它来住旅店了，但是它一直缩在墙角，动也不动，也不吃东西。"我说。

"你附近有宠物医院吗？"

"问过了，没有。"

"那我打电话问问小星，小星养过猫，她应该知道。"

"算了，现在都快12点了，人家搞不好已经睡了。"

"那怎么办？"

"我不知道啊！"

"那，看人的医院能看猫吗？"

"不知道，我试试。"

在来时的路上，我正巧看见过一家诊所，于是我抱上披风，出门去找那家诊所。当然，人家早已经关门了。我"啪啪"敲着卷帘门，怀里的披风跟着叫了起来，爪子也伸了出来，抠进我的肉里，我因为疼松开了手，披风就跳下跑开了。

后来我听说，一只猫不论你养了多久，把它放回野外，它是再也不会回来了。在那个夜里，我开着诺基亚的蓝屏，一直在找它。直到手机屏幕闪烁不停，提示快要关机时，我还是没能把它找回来。我用仅有的电量给花小枝发了一条短信：披风没事了。

最后我靠在诊所卷帘门旁睡了过去。

我很感谢按时上班的诊所老板，如果不是他准时开门，卷帘门刺耳的声音将我吵醒，我极有可能错过第一场语文考试。

在我醒来后，我试图再次寻找披风。当每一门考试开始前和结束后，我都会去诊所附近找它，可是我就是找不到它。

在高考结束的那个晚上，我回到了市区。我感觉那时市区里的人比任何时候都要多，执勤的巡警也特别多。三五成群的高三毕业生塞满了整条宵夜街，我们几个人聚在其中一家，准备庆祝高考结束，可是我的心里却一直也放松不下来。

"干杯！"周小昱举起了酒杯，"今晚喝个痛快！"

"喝！"谢小希还没碰杯，就硬生生吹掉了一瓶啤酒。

那时花小枝正在和卢小菲说着些什么，我默默地喝着啤酒，周小昱问我："怎么？没考好？"我说："没有。"周小昱说："那你怎么一副要死不活的样子？"我说："考完试了，空虚。"周小昱一把抢过我的酒杯，瞪大眼睛看着我说："别喝了，才两杯你就说胡话了。"

我趁花小枝和卢小菲说话的空隙，对花小枝说："小枝，有件事情我要跟你说。"

花小枝的脸颊微红，耳根却已通红，她说："你说呀。"

"披风被我搞丢了。"我的声音压得很低。

"怎么搞丢的？"

"考试前一晚我跟你说它生病了去看医生还记得吧？"

"记得，你继续说。"

"我在诊所门口，它突然抓我，我没抱紧，它就跑掉了，后来怎么也找不到了。"

"那天你发短信是骗我的？"

"嗯。"

花小枝突然拿出了手机，翻到了那天的短信记录，她说："你那晚找它一直找到凌晨 4 点多？"

"嗯。"

"那你考试怎么样？"

"不是说好不问考试情况的吗？"

"我就要问。"

"还好。"

"'还好'是什么意思？"

"'还好'就是应该还是能去念我想念的专业。"

"那就好，"花小枝举起酒杯喝了一口啤酒，"披风丢了就丢了吧，那也没有办法。"

"对不起。"我说。

"你知道我为什么给它取名叫披风吗？"花小枝突然问我。我说："不知道，但是我很想知道。"可那时周小昱他们已经喝开了，声音一个比一个大，谢小希端着两杯酒跳到我面前，起哄让我和花小枝喝交杯酒。

花小枝接过两杯酒，一杯留下，一杯递给了裘小星。"我们俩喝交杯。"花小枝说完又对着谢小希说，"你敢吗？"

谢小希一拍大腿说道："我有什么不敢的。"说着又满上了两杯酒，却递给了李小宏，"她们两个女的喝交杯，我们两个男的喝交杯。"李小宏正准备接过，卢小菲却半路截了下来。

"怎么，小菲是要跟小希喝交杯啊？"周小昱说道。

"这就乱了套了。"我说。

"去你的！"卢小菲直接开骂了，挽过李小宏的手臂，喝了下去。

"哎哟。"周小昱赶紧倒了两杯酒，一杯塞给了穆小珊，"我们也赶紧。"

"那我就只有跟你喝了。"我对谢小希说。

"去找老板娘喝去！"谢小希说着，自顾自地喝了起来。

大家都笑了，笑得很开心，笑得没心没肺。那晚都喝多了，喝得走不动道，喝得最后在酒店开了一个标间，女生睡床上，男生睡在了地上。早上醒来时，看着狭小的屋子里躺满了人，我有一种进入了人体器官交易市场的感觉。

当周小昱也醒来后，问我："这么多人，酒店是怎么放进来的？"

"我哪儿知道。"我说。

"完蛋！"周小昱拍了拍脑门，说道，"小宏夜不归宿，他妈肯定要来找我了。"

"不会，"我说，"好不容易考完高考，就放纵这一天，不至于。"

周小昱问我："赌不赌？"

"赌什么？"我问。

周小昱说："现在翻小宏手机，看他妈打了几个电话？"

"赌注是什么？"我问。

周小昱想了想，他说："要是我赢了，今晚宵夜你请；要是我输了，今晚宵夜我请。"

"翻！"我跳起身，第一个翻起了小宏的裤兜。结果手机没翻到，把李小宏给薅醒了。"你干吗！"李小宏居然下意识地护住了前胸。李小宏的这一惊把其他人都吵醒了。

"小川在摸小宏的胸！"周小昱居然喊了起来，"没想到啊，没想到，你王小川浓眉大眼的，居然是这种人！"

其他人不是还没完全从睡意中醒来，就是还处在醉意之中，只有卢小菲稍微清醒，她说："小宏你赶紧看手机，你昨晚没回去你妈肯定着急了。"

"没事，"李小宏搓了搓仍旧蒙眬的双眼，说道，"我昨天出来已经跟我妈说好了，说我晚上不回家的。"听见李小宏这么一说，周小昱恨得咬牙切齿："小宏啊小宏，你怎么算得这么准。"

"那是小宏有先见之明，今晚我们继续，大哥请客。"我说道。

可是那一天过后，我们谁也不知道：

周小昱进了本市的一所普通大学，毕业后进入公安系统，当起了一名人民警察；穆小珊如愿考进了厦门大学，毕业那年随着家人一起移民新西兰。

谢小希真的随了他爹的脚步，考到了远在东北的吉林，在一所工程学校里学习怎么开凿大坝；裘小星就留在了本市，毕业后和我们不甚相熟的一个高中同学举行了婚礼，谢小希抢婚，未遂。

李小宏不出意外地考进了上海交通大学，学习材料化学专业；卢小菲遗憾地没有被所填的上海地区的学校录取，进了浙江的一所大学。还在念书的李小宏与卢小菲的故事结局如何，直到现在，我也不知道，甚至，无法预判。

而我，考去了一个海边的城市，毕业之后又跑去了上海；而花小枝考去了远在北京的中国人民大学，也嫁给了别人。

在我的感觉里，对于我们这八个在1992年出生的人来说，18岁结束高考的那一个夏天，似乎是最无忧无虑的一个夏天。

那段日子里，我会睡到日晒三竿，直到中午的热浪将我唤醒。起床后饭桌上留着我妈做好的午饭，米饭柔软，炒菜微热，刚刚好。

下午叫上周小昱、谢小希和李小宏去学校的篮球场打一下午球，打完在厕所里冲个凉，然后约上各自的女朋友或者准女朋友一起下馆子吃饭，最后在河边的冷饮摊上坐上一晚上。

我们集体在丽江古城闲逛的那几天，听闻家里下起了连日的大雨，无一不感到庆幸，于是临时决定再增加几天行程。

多年之后再回过头去看那个夏天，在那以前的重担已经放下，而在那以后的负担还未挑在肩上。

我记得在那时，周小昱对我说："以前我曾想过，要是早几年出生，就少受几年读书的鸟气。"我说："早出生，也要读那么多年书。"他说："我知道，可是感觉不一样。"我说："那现在呢？"他说："如果有得选，还是1992年出来吧，不然遇不上小珊。"

在这段对话发生之后，我曾问过其他人相同的问题：如果有得选，你还是希望在1992年出生吗？

李小宏说希望，因为不可能有得选。

谢小希说他要想想，我说不选1992可能就遇不上裘小星了，谢小希就说希望。

卢小菲说不知道，而且表示这个问题很奇怪。

裘小星说她不想选。

穆小珊说这个问题很有意思，但她真的不知道怎么回答。

花小枝说："你选哪一年我就选哪一年。"

花小枝当时反问我的答案，我说："我还是选1992。"

"为什么呢？"她问。

"因为人生本来就没有这样的选择，"我说，"这样的问题并不是真的让你选，而是让你接受这样的事实。"

"我觉得你说得好有道理，"那时花小枝哈哈大笑起来，"可是我一点也听不懂。"

这段对话发生在花小枝送我去上大学时我出发的候车厅里，那时其他人都已经去了学校，只剩下我和花小枝。我和她在候车厅里并排坐着，那时我们旁边坐着一个女孩儿，背着一个很奇怪的书包，像是太空包。亮黄的硬壳书包上有一个圆形的玻璃窗口。她坐下后，打开窗口，里面弹出一只小猫的脑袋。

花小枝凑到我的耳朵边，小声地问我："你看旁边那只小猫，像不像披风？"

"脑袋上那撮灰毛有点像，要不抱过来看看？"我说。

我刚说完话，花小枝就扭过头去，对抱猫的小女孩说："你的猫咪好可爱，能给我抱抱吗？"我相信没有多少人能拒绝花小枝诚恳的眼神，那个女孩把小猫抱了出来，放进了花小枝的怀里。

花小枝把那只猫摊了开来，揪起尾巴，嘴里轻声地在念着"1、2、3、4"。我问她："你在数什么？""披风尾巴上有5个灰色的圈，"说着翻开小猫的脚掌，"左前脚掌有块灰色的肉垫。"

"它都有！"花小枝兴奋地看着我，把小猫举到了我面前。

"你问问她是不是捡的？"花小枝又悄声对我说。

我逗了逗那只小猫，便问那个小女孩儿："请问这只猫是在哪里买的呢？看着好可爱，我都想养一只了。"

小女孩儿礼貌地笑了笑，她说："这不是买的，是捡来的。"

"那就对了！"花小枝为了强压声音，伸手狠狠掐了我的大腿，转而问道，"在哪里捡的呢？"

"这个我就不知道了，是别人捡的，最后我领养了。"小女孩儿说着，把小猫抱了回去。

"是在郊区那个市十中附近捡的吗？"我问道。

"这个我真的不清楚了。"

我还想再打听一些信息，候车厅响起了广播，小女孩儿把小猫装回了包里："不好意思，我要去检票了。"

花小枝看着小女孩儿的背影，看着背包上玻璃窗里的小眼睛，说："你觉得它是披风吗？"

"我希望它是。"

"我也希望它是。"

"那个姑娘看着是个好姑娘。"

"嗯，肯定比我照顾得好。"

"对了，你到底为什么会给它取名叫披风呢？"我还是忍不住问了花小枝这个问题，这个她主动提起过被打断后便再也没有提的问题。

"为了一个好的寓意。"花小枝说，"我记得我看过一部电影，里面有一对父女，住在美国治安很差的地方，女儿经常听见枪声，总是躲在床下，有一天父亲回家，发现女儿又躲在床下面，他决定告诉女儿一个秘密。"

"什么秘密？"我问道。

"那个父亲脱下了一件看不见的披风，给女儿披上，告诉女儿那是他爸爸留给他的披风，能够挡住子弹，现在他决定送给自己的女儿。"花小枝那时看着我，眼睛里全然是我没有见过的神色，她说，"我希望，你也有那么一件披风。"

可是……

花小枝给我的披风，在最开始，就早已不见了。

番 外

花小枝 & 王小川外传

好久不见啊，花小枝。

1

我家的背后有一座山，不高，爬上山顶能看清楚整座城市。

童年时常被邻家的小姑娘拉上山坡去玩耍，春夏秋冬各有模样。印象里天总是很蓝，空气里有着不一样的味道。

那是个很淳朴的地方，淳朴到山坡上还时常有人在放牛，黄的、白的、黑的都有，我想那里的草应该很好，因为牛都吃得很壮实。吃得好自然也就拉得好，所以邻家的那个小姑娘在山坡上总是显得小心翼翼，她有时会带上一块方格的桌布，精心选一块干净的地方铺上，然后拉着我玩过家家。

我扮儿子，她扮妈，有时候她也扮阿姨或者奶奶，但我总是儿子。我想我的恋母情结就是这么来的。

对了，她有一个很好听的名字，叫花小枝。

我和花小枝从幼儿园到高中都是同班同学，我觉得这是缘分，花小枝却说那是因为没得选。但我和她一直是同桌，我说这该是缘分了吧，花小枝又说这是她倒霉。

不论如何，我和花小枝同桌了十几年，直到各自去上大学。

我记得收到大学录取通知书的时候，我跟花小枝说："这下随你愿了，倒霉的缘分终于没了。"

花小枝直勾勾地看着我，看得我浑身发毛，我记得她说："这次真是倒了大霉了。"

那天我送她的时候，她还是直勾勾地看着我，看得我浑身发毛，我跟她说："你再不上去火车就开了。"隔了很久，花小枝才开口，说："记得想我。"

之后火车就开了，开了很远。

我还记得那天晚上我去喝了一顿酒，那应该是我人生中第一次喝酒，在那之前也想喝，可是花小枝不让。当时我没什么喝酒经验，买了一瓶二锅头，结果我在街头睡了一夜。

这件事花小枝一直不知道，我没敢跟她说，说了她肯定掐我，她打人真的很疼，打不算完，还掐。同桌十几年里，能让她看见的部分全被掐过。后来长大了点儿，有了自尊心，当然就不能让她那么掐了，有一天上课我鼓起勇气，悄悄对她说："以后你别掐我了，就算要掐，也悄悄地掐。"

当时花小枝瞥了我一眼，没说什么，我以为她同意了，结果没两分钟，花小枝真的悄悄地伸过手来，狠狠地掐了我的大腿。那时是夏天，我疼得叫了出来。老师问叫唤什么，我说："这诗写得太好了，我忍不住想要咏唱。"老师说："那好，你上来唱。"

我有点怕这么惯着她，怕她以后掐别人挨别人揍。不过谁舍得下手呢，连我都不舍得揍，别人更下不去手。

我记得有一次上课花小枝肚子痛，在我送她去医院的路上她还是一直掐我，好像她肚子疼是我闹的一样。那天我的手臂被她掐破了，她也没觉得有什么过意不去，好像这是天经地义的一样。我就问她："我送你来医院，还被你掐一手血，你就连句谢谢都没有？"

花小枝当时愣了一下，然后说："谢谢你啊！"接着她就用指甲戳我手臂上的口子，戳不算完，还绞，绞不算完，还让我别躲。

我是那么傻的人吗？我说："那你轻点儿，你指甲有没有泥垢啊，感染怎么办？"这么一说，花小枝就停手了，她从小就爱干净。她说："待着别动。"说完，她问护士借了几个酒精棉球，当着我的面擦指甲，还对我说，"看好了，我可消毒了。"

"现在消毒有什么用？"我说。

话音刚落，花小枝把酒精棉球摁在了我的伤口上，没有一点点防备，疼得我叫了出来，不明情况的人可能以为医院在杀猪。护士也跑了过来，问我怎么了。我瞥了一眼花小枝，她很温柔地继续在给我涂酒精，我对护士说："没事，就是怕疼。"

护士当时的眼神说明，她明显不相信我的说法，如果我说的是怕死，可能她才会信。

那天花小枝肚子疼，是因为吃坏了东西。隔夜的饺子，还没放冰箱里，就给煮了吃了，换谁谁都得疼。我问她："非要吃那几个饺子啊？"

"嗯，嘴馋。"她说。

"重新包不好吗？"我说。

"没皮儿也没馅儿了。"

"那就不会出门买吗？"

"我叫你陪我上街，你不去。"

"那你揍我我不就去了嘛！"

花小枝笑了，说："你傻啊！"

"你才傻，吃不完的饺子不放冰箱，第二天还敢接着吃。"

花小枝又笑了，突然对我说："我们来玩过家家吧，我当生病住院的妈妈，你当探病的儿子。"

那时的我看着花小枝，什么话也说不出来了。

那年，我们 18 岁。

当然，探病是不能空手来的，于是我下楼准备买两个水果。结果水果店的阿姨跟我说："两个苹果，不卖。"

我说："那两个梨呢？"阿姨说："也不卖。"我说："那我就买两个的，能买什么？"阿姨说："西瓜。"于是我抓了两个苹果就跑了。

在跑回急诊室的路上，我在想为什么前一天我就那么有胆子拒绝花小枝呢，可我一点也想不起来是为什么，可能是因为打游戏，也可能是因为在看黄色碟片，总之，我没去。所以我想那天在医院挨花小枝戳，应该是罪有应得，所谓报应循环，怎么也逃不掉。

这么些年，我总结出来一个定律，凡是花小枝出了什么事，只要刨根问底，那一定是因为我。所以当花小枝乘的火车开走的时候，我觉得花小枝不会再出什么事了，因为她远离了我。

我曾经看到过一篇科研文章，上面说一个人的"场"会影响到另一个人的"场"。"场"究竟是个什么东西，我觉得文章里没解释明白，也有可能作者解释明白了，只是我没看懂。文章里还说，"场"有时候可以具象化，具象到一个人的气味。

我想可能是我的气味影响到了花小枝，让她遭遇了很多痛苦的事情。当我回想起我与花小枝同桌的十几年，我更加确信这样的说法，因为我想起花小枝经常会在我身上嗅一嗅，然后勒令我马上回家洗澡。

如果花小枝的命令是"放学回家洗澡"的话，我还可以接受，"马上回家洗澡"似乎有点难办，特别是上高中的时候，出趟学校不容易。这种时候花小枝还是很通情达理的，她说："不回家也可以，去厕所洗。"冬天，也照洗。不过花小枝也有狠不下心的时候。后来她给我买了瓶男士香水，有事儿没事儿就给我喷一下，搞得同学们都躲着我走。

花小枝这是想孤立我。

2

这种孤立在大学的时候就不复存在了。

大学的时候，我谈了一个女朋友。怎么说呢，女朋友还是很漂亮的，乍一看是美女，细一看还是美女。同学都说我女朋友瞎了。我觉得他们说得不对，应该是我女朋友鼻子有问题。

我时常会跟花小枝通电话，互相聊聊彼此的近况。在我找到女朋友的第二天，花小枝就打电话问我是不是谈恋爱了。我说："你怎么知道？"她说："你别管，先回答我。"我说："是。"她说："我还没见过你就敢谈恋爱了？"我说："那人表白了，我总不能跟人家说你等等，我拍你张照片给我朋友看一眼吧？"

"合适。"花小枝说。

"那你要我现在怎么办？"

"马上元旦放假了，你来我学校看我。"

"一个人两个人？"

"你觉得呢？"

"那我明白了。"

我记得那时我邀请了三个寝室的男生来我的寝室开了一场讨论会，会议主题：论元旦假期不带女朋友自己一个人去看女发小的可行性。会议在烟味、脚气弥漫以及热情嗑瓜子的氛围中进行了半小时，得出的结论是没有可行性。于是我换了个会议主题：如何在元旦假期撇开女朋友自己一个人去看女发小。这时候的会议气氛显得活跃了很多，诸如"要做包皮手术""看了余秋雨的《百年孤独》要一个人去寻找生命的意义""传说在一起过元旦的情侣都挺不过一年"等方法如潮水般向我涌来。

"你们都有女朋友吗？"我问他们。

"×，有女朋友谁还来这儿跟你瞎扯淡。"他们说。

那个时候我很心疼买的那两大包瓜子，买了不算，还得扫。在那晚扫瓜子的过程中，我想出了一个完美的解决办法。至于是不是扫瓜子给我带来的灵感，我全然不知道，当时我脑子里想的只是怎么能够准时准点到花小枝的学校，以免一场血光之灾的降临。

第二天一早，在食堂和女朋友吃早餐的时候，我跟她提了分手。说完我有点后悔了，我应该等她喝完豆浆再说的，这样她就不会泼得我一身湿淋淋的了。除此之外，我对于食堂熬豆浆的阿姨有一点点建议：豆浆不要放那么多糖，太黏。

就这样，我的初恋还没到两天。

那天晚上我跟花小枝打电话，告诉她我已经买好了去她那儿的火车票，她说到时候接我们。

花小枝当然也不知道这件事的原委，她只知道当我去见她的时候，已经分了手。那天花小枝带我去了北京的景山公园，她说这个地方以前叫煤山，明朝最后一个皇帝崇祯就是在这儿吊死的。我问她干吗跟我说这些个阴风惨惨的事情。她说："要不是这儿死了个皇帝，我还不带你来。"

"那接下来我们去哪个死了人的地方？"

我记得那整整一天，花小枝带着我把北京城有名的死了人的地方、埋死人的地方都逛了一遍。晚上的时候我忍不住问花小枝："你是不是觉得我身上阳气太重了？"

花小枝没理我，拉着我去了北京的一条街上吃饭。我记得那条街叫簋街，"簋"念"鬼"。

花小枝带我去的那家涮羊肉店至今我都还记得，现在时常也还会想着有机会到北京了再去吃一顿。我记得那时我指着菜单上的"大三叉""小三叉"问老板："这是什么，怎么没见着有羊肉啊？"老板说："这两个就是羊肉，最鲜的就是这俩。"我说："这俩名字听着怎么那么色情？"

花小枝一把抓过我手里的菜单，对老板说："就这两个，一个一份吧。"

"您等会儿，"我叫住老板，"大三叉和小三叉有什么区别？"老板说："羊身上的部位不一样。"我又问："怎么不一样，都是什么部位？"花小枝拿着菜单敲了我脑袋，对老板说："您别管他。"

老板从我头上接过菜单，笑了笑说："那我就按照刚才点的上菜了？"花小枝点头。我对花小枝说："我就想问问。"花小枝说："不准。"

那顿涮羊肉是我吃过的最好吃的地方菜。大三叉比小三叉鲜，这是吃过之后的感觉。许多年过去了，也不知道那家店是不是还在簋街街头的犄角旮旯里开着。

那天吃完涮羊肉后我问花小枝："今晚我住哪儿？"她说："住学校的宾馆。"我又问她："你呢？"她拍了我一巴掌："住寝室。"

那一次我在北京待了五天，把北京逛了个底朝天，发誓再也不会去北京。发誓的时候被花小枝听见了，她掐着我的耳朵跟我说："你再说一遍。"

我说："是气话。"她说："气话也不能说。"我说："那我不得憋坏了。"她说："那也要憋着。"

花小枝才一百斤多一点，怎么就那么有力气。

"你是不是在学校加了什么拳击社、跆拳道社？"我问她。

"没有。"

"那怎么那么大力气！"

"因为听你说话就来气。"

"那你不都气十几年了。"

"你不也被掐了十几年了吗？"

"掐着痛啊大姐。"

"叫妈。"

"妈。"

我和花小枝在北京的大街上就这样玩起了过家家。

那年，我们21岁。

那次在北京的最后一晚，花小枝带我去了如今大名鼎鼎的国贸三期，那时还在施工的国贸三期像是城市里的废墟。我和花小枝爬上了一栋还只是钢筋水泥的楼，她指着眼前灯火辉煌的景色对我说："这里是北京，我想留在这里。"北京夜里的风像刀片一样划过，花小枝的脸蛋冻得通红，她的眼里却满是期望。她脖子上的围巾飘扬而起，带着她的发梢，在空气里滚动。

"真的要留在北京？"我问她。

花小枝转过身来看着我，直勾勾地看着我，看得我浑身冒冷汗，她说："是的。"

"北京有什么好呢？"我又问她。

"我能感觉到，这座城市在跳动，就像心脏一样在跳动。"花小枝看着我，眼里仍然全是期望。

"你总能看见别人看不见的东西。"

"是吗？"

"是啊，所以叫你别老去那些阴风惨惨的地方。"话音刚落，花小枝的巴掌随之而来，清脆的响声在呼呼的风声里都还能听得见。但是我不怎么感觉疼，可能是冻得有些麻木了。

在风里，我对花小枝说："你知道吗？站在这里，我就想跳下去，像鸟一样，围着这里飞几圈，然后再飞去别的地方看看。"

"真的吗？"花小枝问我。

"嗯，我也不知道为什么。"

"你就是超级英雄电影看多了。"

我看了一眼花小枝，没勇气扇她一巴掌。

比起眼前眺望的风景，其实我更喜欢家后面的山坡，天气更暖和，风吹着也更舒服，星星也比北京的亮。我看着花小枝眼里的北京，并不觉得它有什么特别吸引人的地方。

我记得当时花小枝坐了下来，就坐在满是泥灰和碎石的断层上，脚荡在半空，她仰起头对我说："你毕业以后会来北京吗？"

"应该不会。"我说。

"那你想去哪里？"

"不知道，还没有想好。"

花小枝让我也坐下来，我说我怕，结果被她吼了一通。我说："你这么吼我，我更怕。"花小枝让我抓着她的手，我想这太丢面儿了，于是抱住了她的腰。

"你瘦了。"我对她说。

花小枝恨得牙痒痒，说："我穿这么多你怎么能发觉我瘦了？

"感觉。"

3

感觉是个很奇妙的东西。

在毕业后正式工作还未满一年的时候,我正儿八经地谈了一次恋爱。那种感觉奇妙,就像,做贼一样。

我没敢跟花小枝说,那时候我和花小枝好像已经有很长一段时间没有联系了。她忙,我也忙。但是现在回想起来,我一点儿也记不起来当时我都在忙些什么。她在忙些什么呢,我也从来没有过问过。

过年放假回家的时候,我才见到花小枝,已经很久没见她了。她骂我没良心,有了媳妇忘了妈。我说:"你怎么又知道了。"她说:"我就是知道。"我以为她会揍我,结果却没有,她只是说:"那个女孩长得挺漂亮。"这句话把我听出了一身冷汗,我觉得我的身边应该有卧底,我的生活一点隐私也没有。接着花小枝又说:"但是没我漂亮。"

"是是是,没你漂亮。"我说。

"听你的语气,是不服啊!"花小枝又开始瞪我了。

"服。"我说。

大过年挨揍不是什么好事,但没挨揍总觉得哪里不自在。印象里,从那以后，花小枝再也没有真正地揍过我。

对了，那一年过年还有一件事：那是花小枝在家乡过的最后一个年，年一过完，一家人就要搬去北京。

我走的时候花小枝正在家里收拾东西，于是我在她家门口等她。花小枝不喜欢别人看她做事情，特别是收拾东西的时候。那年好像特别冷，冻得我鼻涕不停地往下流，花小枝扔给了我一条围巾，让我先围上。

等了大概有半个小时，花小枝收拾好了，她出来把我脖子上的围巾一把扯下来，围在了自己的脖子上。她对我说："你的好日子要来了。"冷风突然灌进脖子里，我打了个寒战，鼻涕又开始往下流。我一边揉着鼻涕一边问花小枝："什么好日子要来了？"

"我走了，就没人揍你了。"花小枝说。

"那我倒觉得是你的好日子要来了，你不是一直想留在北京吗？这下成了，连家都搬过去了。"

"你的工作还喜欢吗？"花小枝突然问我。

"挺好。"

"你呢？"

"喜欢。"

"那就好。以后别动不动就揍人，我这么好脾气的人不好找了。"

"我知道。"

说完，花小枝转身进了屋，提了一个塑料袋出来，说："这个送你。"我挺惊讶，这么多年，那是花小枝第一次送我东西。塑料袋上还沾着细碎的冰块，我问她："这是什么？"

"饺子，昨天包的。"看我一脸嫌弃，她又说，"放冰箱了。"

"你自己包的吗？"我问。

"嗯，我自己包的。"

"那我可不敢吃。"

突然，花小枝就哭了，我以为她会揍我，结果她却哭了。那也是我第一次见到花小枝哭，哭得像……像什么呢，像那一袋硬邦邦的水饺。

但是最后，那袋水饺我还是吃了，果不其然，拉肚子了。越拉我就越想花小枝，拉到最后整个人脱水了，花小枝就活生生地站在了我面前。我对她说："我就知道这水饺吃了得拉肚子。"花小枝笑了，说："你傻啊！"我说："你才傻，我说了你包的水饺吃了肯定要出问题，我不吃出问题来，怎么证明我是对的呢？"听我说完，花小枝在我旁边蹲了下来，把我手里攥着的、兜里揣着的手纸全扔进了厕所里。

我在想我为什么非要吃那袋水饺呢？我又不像花小枝那么嘴馋。我知道那时的花小枝是幻觉，可是，为什么在幻觉里，花小枝还是这么凶呢？我搞不明白。就像看着她家搬走之后留下的空空荡荡的房间，我不明白为什么记忆里关于花小枝家里的感觉全然不见了。

我记得花小枝家的客厅里曾挂着一幅字画，装裱得很精致，据说是她爸爸自己写的。她爸爸还考过我，问我挂着的那几个字怎么念，我说我一个也不认识，然后她爸爸就笑了。花小枝很像她爸爸，笑起来的时候格外像，有时候花小枝对着我笑的时候，我会感觉是她爸爸在对我笑，所以我会让她别笑，但是又不敢告诉她为什么，结果只能是挨揍。

我还记得花小枝的妈妈做饭很好吃，我小时候经常去她家蹭饭吃。因为饭量太大，花小枝的妈妈每天都会问花小枝，今天王小川来不来我们家吃饭？我好多煮两勺饭。其实有的时候我没想去花小枝家蹭饭，是花小枝硬拉着我去的。

我记得有一年端午，我本来好好地在家包粽子，结果被花小枝拉去她家当了苦力，又是烧炭火又是捻芝麻杆。一天下来，灰头土脸，从额头到脖子，全是黑的。当然，花小枝也没好到哪儿去。我记得那天花小枝想去洗澡的时候，她家里突然停了水。我说："去我家洗吧，正好我也要洗。"花小枝把刚端起来的脸盆又放了下去。我说："你先洗，我再洗。"

那年，我们13岁。

花小枝后来告诉我，她觉得那天我在偷看她洗澡。我对天发誓说我没有，那天你进去洗澡我就跟其他小朋友去弹弹珠了，根本没时间，不信可以去问我妈。她说："我信，但是我以为你会偷看。"我说："我是那种人吗？"她说："你不是。"

就在花小枝的房间里，我似乎还闻到了她身上的味道，那种在山坡上才能闻到的味道。那时的我忽然想起与花小枝曾在未完工的国贸三期上看过的北京，我还想起花小枝临走时对我说过，我也会想念这里的。

想念的意思就是，不会再回来。

家乡也好，北京也好，山坡上的风和草也好，吃了拉肚子的隔夜水饺也好，是不会再回来了。还残留的一丝丝气味，过几天，也就会完全消散了。那天晚上我自己一个人爬上了山坡，看着这个小小的地方，有月亮有星火有小小的灯光。

风从远处缓缓地吹来，空中时不时有烟花升起，然后炸裂。我能看见一条从这里刺出，向外延伸的公路，静静地沉在大地上，偶尔有灯光，像萤火虫一样，忽明忽亮。

我想，每个人都像萤火虫一样渺小，在茫茫的世界里，忽明忽亮。

4

萤火虫是我最爱的昆虫。

而花小枝最爱的昆虫是，鼻涕虫。

一开始我很不理解花小枝为什么会喜欢这么一坨湿漉漉、黏糊糊的东西，后来她告诉我，因为鼻涕虫很像我。我对她说："萤火虫也很像你。"

我记得和女朋友第一次去露营的时候，在一个深山老林的山沟沟里，有一块空旷的地方，我们搭了帐篷，然后等着在夜里看星星。结果女朋友先睡着了，我半夜里醒来，第一眼没看见星星，倒是看见了漫山遍野的萤火虫。

睡眼惺忪的我根本分不清眼前哪些是星星哪些是萤火虫，后来意识稍微清醒了一些，明白过来稍微发黄的亮光的是萤火虫，后来更清醒了一点，又明白过来，会动的是萤火虫。夜里很凉，帐篷周围的草叶已经开始结了露珠，空气里泛起了淡淡的薄雾，夜空也就看着不那么通透。冰冷的空气激起皮肤一层又一层的鸡皮疙瘩，我感觉自己的头发和胡须上也结上了露珠。星星倒是看见了，可我一颗也认不出来。漫山遍野都是萤火虫，像铺了一张网，与我印象里的是完全不同的模样。

据说萤火虫破蛹之后只能存活几天的时间，所以他们的时间很宝贵。当我优哉游哉地观赏着眼前的萤火虫时，其实并不懂得他们内心的焦躁。

他们美，他们亮，他们甚至壮观，全是因为，我根本不懂他们。

他们发光并不是为了美，而美在我眼里，是他们存在的全部意义。

我叫醒了在帐篷里熟睡的女友，她不耐烦地坐起身，然后揉了揉眼睛，看见眼前的景象之后大叫起来，还亲了我。她说："好美。"

她是我第二个女朋友，叫江小月。其实正经算来，大学那个谈了不到两天的应该不能算作女朋友，所以江小月是我的初恋。那时的我一穷二白，而江小月还是大学里的学生。

我和江小月认识，全是缘于一场误会。那时跟风凑热闹，去了一次音乐节，在一位颇具后现代摇滚气息的女歌手忘情演唱的时候，我和江小月被一个更加忘情扭动的女子抡起的铆钉包砸了。于是我和那位女子理论了起来，结果跟她的男朋友又打了起来，接着就进了派出所，再接着，在派出所门口，就剩下我和江小月。

"受累。"我对她说。

"我哪里受累了，倒是你辛苦了。"她对我说。

"录口供挺受累的，我倒不辛苦。"

"打架也是件辛苦的事。"

"这架不该打的。"

"哦？是吗？"

"这不看不着逼哥了嘛。"

"他那个人不看也罢。"

"我不看他，长成那样谁看他啊，我就想听他唱的现场，带劲儿。"

"敢情你是文艺咖。"

"难不成你是摇滚咖？"

"我没有抢包那女的摇滚。"

"她那是朋克。"

我就这样和江小月认识了，没过多久，她就成了我的女朋友。当然，我没有敢跟花小枝说。

江小月觉得那些萤火虫很美。

我看着眼前的萤火虫，忽然想起与花小枝一起在山坡上捉它们的故事。

我记得那天还没到七点，天就已经黑了，我还在吃晚饭，花小枝就来敲我家门。我爸妈给花小枝拿了一副碗筷，花小枝就坐我旁边吃了起来，边吃边看我，那意思是让我吃快点儿。那顿饭我吃得很痛苦，因为我不想陪着花小枝去捉萤火虫。等到花小枝帮我妈把碗筷洗完了，我还在扒我的那碗饭，真舍不得吃完。

"阿姨，小川是不是不舒服？"花小枝问我妈。

"这孩子今天不知道怎么搞的，从前没见他吃饭这么慢。"我妈就这么把我给卖了。

"那小川你吃快点好不好，还要去捉萤火虫呢，不然明天交不了作业，现在都这么晚了。"花小枝这话说得把我吓着了，她从来没有这么轻言细语地跟我说过话。两口我就把剩下的饭菜扒完了，拿了两个玻璃瓶，就和花小枝出了门。

出门之后，挨了一顿揍。

我家后面那座山，不高，像个藏宝库，什么都有。那些萤火虫在夏天里也有，一群一群地飞过来飞过去。可花小枝从没夸过那些萤火虫美，她说："萤火虫长得像会发光的绿头苍蝇。"

"那鼻涕虫还长得像……鼻涕虫呢！"我指着花小枝手里捉着的鼻涕虫说。

"鼻涕虫长得不像鼻涕虫，难道像你吗？"花小枝举起她手里的玻璃瓶照在我的脸上，想了想又说，"还真有点像。"

在山坡上累得半死去捉萤火虫的我，看着玻璃瓶里的萤火虫，不禁感到一丝沮丧，但又觉得满满一瓶的萤火虫还是很漂亮的。

花小枝把她捉的那一瓶萤火虫给了我，说："这个作业你帮我交吧。"

"为什么？"我问她。

"看着恶心。"

"鼻涕虫才恶心呢！"

"那你交不交？"

"交。"

那年，我们 10 岁。

为了完成小学四年级的生物课作业，我和花小枝大晚上漫山遍野地捉萤火虫，结果因为忘了在盖儿上戳几个小洞，第二天两瓶萤火虫全死了。不过那次作业我和花小枝得了全班仅有的两个 A+，虽然其他同学的萤火虫是活的，但是加起来，也没有我们死的多。我觉得这是老师在表彰花小枝和我认真完成作业的精神，其实这个荣誉应该只给花小枝一个人。

那堂课之后，其他同学都把萤火虫给放了，我和花小枝则是把萤火虫给埋了。那是一段很美好的记忆，就像，昨天才发生一样。

后来的我喜欢上了很多东西，不只有萤火虫，还有夏天的螳螂、游戏机、足球、邻班的小姑娘、大学里的女老师、日本料理、单反相机、英菲尼迪的 SUV，等等。有的我得到了，有的还没有，也没有机会得到了。

但是再也没有一样东西能像那天晚上的萤火虫一般，让我开心也让我沮丧。有时候我在想，如果没有花小枝，我的童年和青春期应该是不完整的。但是如果没有花小枝，我的童年和青春期就是另外一个模样了。

　　很多年以后，花小枝跟我说："其实她知道应该在玻璃瓶的盖子上戳几个洞的。"我问她："为什么不说呢？"她说："因为你喜欢这些萤火虫。"我说："还好我没说我喜欢你，不然你不得自杀啊！"

　　花小枝笑了，她理了理我的领结，说："今天不许说这些，不吉利。"

5

　　花小枝的婚礼我参加了。

　　秋天，北风刮得正起劲的时候，我提前一天到了。

　　北京的秋天，似乎只适合在图片里欣赏，而不适合身临其境。大风刮得硬生生的，像糙得不行的手掌一巴掌一巴掌地扇在脸上。还好天很蓝很高，很宽阔。

　　那天我在机场碰见了同样来参加花小枝婚礼的同学——张小和。

　　张小和是幸运的，印象里他没有被花小枝揍过。其实细细想来，除我之外的所有同学，都是幸运的。

　　那天张小和穿了一身黑，连领带都是黑的，还戴了一副墨镜。我对他说："你穿成这样去花小枝的婚礼，是非得憋着要让她揍你一顿吗？"

　　张小和把墨镜摘了，对我说："我刚才从一个初中同学的葬礼赶过来，以前隔壁初三（2）班的，大高个儿那个，有印象吧？"

　　"嗯，有印象，怎么死的？"

　　"肺癌。"

　　"那就是活活咳死的呗。"

"嗯，但是他这人又不抽烟，你说这叫什么事儿。"

"这就是命。走，先出去抽根烟。"

我和张小和一起去将要举办婚礼的酒店，路上张小和问我："你准备随多少礼？"我笑了笑，没有回答。在车上我和张小和聊了很多小时候的事，他对10岁那年捉萤火虫交作业的事还记得很清楚，他说那天晚上他也去了我家后面的山坡，不过没看见我和花小枝。我和他就这么聊着，没过多久，车到了。

我把行李放进房间，没有休息，就去了花小枝的家。酒店离她家不远，走了大概有15分钟，到了。我忘了花小枝家的门牌号，于是给她打了电话。

"我在你家楼下。"我说。

"我下来接你。"

"不用，我忘了你家门牌号，你告诉我，我按铃。"

"不，我下来接你。"说完，花小枝就把电话挂了。

在等待了3分钟之后，花小枝推开了她家的单元门。已经有三年，我没见过她。

花小枝头上插着乱七八糟的簪子，想是刚才在家里正盘着发，她就穿了一件吊带、一条宽松的运动裤、一双人字拖。

"忙着呢？"我问她。

"没有，快进来。"她说。

那天花小枝的家里乱得不成样子，到处都堆着东西，红彤彤的一片。我向花小枝的爸妈道过喜，花小枝就拉着我进了房间。房间里更乱，不仅到处是东西，还到处是人。

"嚯，这是什么阵仗？"这些人里，有化妆的，有盘头发的，还有裁衣服的。

"你坐床上休息会儿，我这儿马上就弄好了。"花小枝对我说。

于是我从中午 1 点等到了晚上 7 点，还因为睡着了而错过了工作人员的盒饭。我醒来的时候，看见的是花小枝的眼睛。妆没卸，头发也还盘着。

"那些人呢？"我问她。

"都休息去了。"

"那你今晚不睡了？就顶着这妆一晚上？"

"一会儿我自己卸，你看看还好看吗？"

"好看，认识你这么些年，就属今天最好看。"

"你是夸我还是骂我？"

"夸你。"我拍了拍脑门醒了醒瞌睡，又问花小枝，"对了，现在几点了？"

"快八点了。"

"那我得走了。"

"吃点东西再走吧，我给你下点儿饺子。"

"算了，你早点休息吧，明天起大早呢。我出去吃涮羊肉，上哪儿吃来着？"

"簋街。"

"对。"

那天我走在北京的街头，感觉夜晚比白天反而更暖一些。我打了辆车到簋街，在这条街上吃饭的人不是一般的多。花小枝几年前带我去吃的那家涮羊肉店还在，依旧是破破烂烂的店面，还特别小，里面还是只摆着六张桌子，全坐满了人，连转个身都难。那天晚上我在门口等了很久，快夜里十二点，才空出座儿来。

我跟老板说："大三叉、小三叉，一样一份儿。"

老板告诉我鲜羊肉都卖光了，就还剩些配菜，然后问我还吃吗。

我说："吃。"

老板重新给我烧了盆炭火，腾腾冒着热气，老板对我说："小伙儿，肉是没了，但是，菜管够。"

我朝老板笑了笑："谢谢，就尝个味儿，好几年没吃过了。"

"那真是对不住您了！要不赶明儿您再来一趟，免费！"

"您客气，这些就够了。"

我记得那天晚上我把那家涮羊肉店剩下的配菜全吃了，老板本来打算不收我钱的，但是看我吃得多，还是象征性地收了些。我走的时候老板的小学徒已经蹲门口睡着了，我拍了拍他，说："对不住，耽误你们时间了，你师傅叫你进去收拾。"他揉了揉眼又抬头看了看我，也不知道他看没看清，就转身进去了。

我应该是走着回到酒店的。一转眼，就到了第二天。

那天穿上婚纱的花小枝与我印象中的花小枝一点也不一样，有那么一瞬间，我甚至不相信自己的眼睛。花小枝穿上婚纱很美，可是，美得让我一点儿也不熟悉。

婚礼从北京的一间教堂开始。教堂不大不小，但是很高，玻璃窗透着绿光，整个教堂也就显得阴风惨惨的。等到教堂里亮起了灯，却又暖了起来。婚礼的乐曲响起，坐在前面的亲友都回过头来。

我坐在角落里，花小枝的侧脸映入了我的眼帘。她长长的婚纱后面跟着两个也穿得很漂亮的花童，一男一女很可爱，不时看看这儿看看那儿，小男孩儿还踩到了花小枝的裙摆，小女孩瞪了他一眼，像是另外一个花小枝。

当花小枝站到教堂讲台上时，透过两根立柱中间，我就那么看着她。

那天有一首钢琴曲很好听，缓慢、悠扬，每一个音符都恰到好处地踏来。我看见他们交换戒指，互相亲吻，然后花小枝挽着他的手，一步一步地走出教堂。自始至终，我都在角落里坐着。花小枝看见了我，我向她招了招手，她对着我微笑。

那年，我们 29 岁。

花小枝在教堂门口与来宾合影时，摄像师请站在旁边的我帮他打个光。我问他："你助手呢？"他说："溜号儿了。"我问："怎么打法？"他说："蹲着举闪光灯就行，我这边能控制。"

花小枝看着蹲在她前面的我，笑了。我对她说："别看我，看镜头。"花小枝就抬起了头，微笑。

那天晚上婚礼的宴席结束得很早，没有太多花哨的环节，也没有太热闹的场面，婚礼主持人串两句词，新郎新娘挨桌敬酒，婚礼就算完了。八点还没过，宾客也开始陆陆续续散了。新郎还在门口送客，花小枝坐到了我身边。她把高跟鞋脱掉了，盘了好几个小时的头发也扯了下来，就那么呆呆地坐在我旁边。

"结婚够累吧。"我问她。

"累，不想结第二次了。"

"我没想到你还会在教堂里办个仪式。"我对花小枝说。

花小枝又瞪了我，说："我好歹是个女人。"

那场喜宴就这么散了。

第二天一早我搭乘最早的航班飞回了工作的城市，打了一辆出租车，赶去公司上班。

在出租车上，我收到了花小枝发来的微信，她说：我以为你会来抢婚的。

6

　　我比花小枝结婚早了几年。

　　在此之前，我和江小月交往了差不多有两年的时间，我的工作已经稳定，她也毕业找了工作。我见过江小月的父母，也带着江小月回过家。

　　我和江小月各自跟爹妈要了钱，凑了首付，差不多，也就该结婚了。结婚证已经领了，婚戒则是领完了证才去买的。婚礼，却还没有办。

　　我领证那天花小枝给我打了一个电话，接起电话还没等花小枝开口，我先说了："你又知道了？！"

　　"知道什么？"花小枝问我。

　　"没事儿，跟别人说话呢。"

　　"我下午到你那儿出差，晚上有空吗？"

　　"我这几天回老家了，你待多久，我明天就回去了。"

　　"明天一早的飞机回北京，怎么突然回去了？叔叔阿姨身体不好了吗？"

　　"他俩好着呢。"

　　"那就好。"

跟花小枝通完电话，我就进了民政局。9 块钱，一点儿也不费事。

我和江小月乘了第二天最早的班机回去，到了机场，我让江小月自己打车先回了家。接着我给花小枝打了电话："飞了吗？"

"没有，航班延误。"

"进安检了？"

"对，在登机口等着。"

"那出来吧，我送送你。"

过了大约 20 分钟，花小枝从安检的口里走了出来，我朝她招手，她从老远的地方就开始瞪我了，我能感觉得到。就这样，我得以和花小枝在机场送别。

那年，我们 25 岁。

其实她结婚的时候我骗了她，在我印象里，她最好看的时候，是在机场的那一天。

"我真的想揍你。"这是花小枝见面后对我说的第一句话。

"为什么啊？"我问。

"别人都是买张机票进来，只有你，是叫我出来。"

"又不是不能出来。"

"那我出来了，现在呢？"

"我送你进安检呗。"

花小枝举起了拳头准备揍我，我笑着抓住她的手臂，拉她到座位上坐着。那天透过玻璃窗照进来的阳光很好，我和她就这么坐着，默默地等着。我在等着机场的广播，那时的她在等待着什么呢？我一直也不知道。

我和她就这么坐着，身旁座位上的人换了又换，日头升上去又开始渐渐落下来。我等来了机场的广播，我看着花小枝，花小枝也看着我，她听见了，可她一点动作也没有。

"该走了。"我对她说。

"嗯，我该走了。"花小枝起身，却又突然停下，说，"婚礼的时候记得叫我。"

"你知道了？"

"嗯，我知道的，可我不想恭喜你。"

"就领个证儿，也没什么可恭喜的。瞒着你是我不对，你别生气。"

"我没生气。"

花小枝那时的表情究竟是不是生气，我已经记不太清了，我只记得那时她很美，美得不可方物。那天送走花小枝，回到家的时候，已经是夜里。江小月在沙发上睡着了，我给她盖了床被子，把电视静了音，开始整理刚搬进来还是乱糟糟的屋子。

家里的窗户一直没有关上，江小月说这是要散散新房子里甲醛的味道。晚上的风突然变得大了起来，阳台上的衣架被吹得叮当乱响，江小月晾的那条连衣裙也被吹进了客厅里。那时候电视里正在播一台晚会，孙楠在唱《风往北吹》。我跟着电视上的字幕开始哼了起来，也顾不上去关阳台的窗户，家里就这么叮叮当当地响着。我忽然想起很多年以前，也有这样一个刮风的夜里，耳边也是有叮叮当当响个不停的声音。

在我和江小月领证的第二天，在一个刮风的夜里，在我的家里，我听着一首孙楠的歌，想起了一个与花小枝有关的故事。那个故事就像陀螺一样在我的脑海里不停地转，我不确定它是哪一刻开始出现的，而我唯一能确信的是，它一点儿停下来的迹象也没有。

我望着在沙发上熟睡的江小月，不知道如何是好。

我记得那是高考前几天，学校把高三学生彻底放了假。放假第一天，花小枝神神秘秘地告诉我："今晚别睡觉。"我说："不会，我才不会睡呢，我要去通宵打游戏。"花小枝接着说："哪儿也不许去。"我很委屈，说："我不。"听我这么说，花小枝也不纠缠了。

等我夜里十二点摸黑出门，却被花小枝手里的手电筒闪昏了眼。

"我跟张小和他们说了，今晚你不去了。"

"为什么啊？"

"因为你要陪我。"

"陪你干什么？"

"陪我跑步。"

"大半夜跑步，疯了吧！"

"跑不跑？"

"跑。"

那晚的风声像是鼓风机吹出来的一样，透着一股妖气。而更妖的事情发生在跑步的路上，我们越往前跑，声音越大。那晚起了雾，看不清楚，我下意识地往花小枝身边靠了靠。看来花小枝也挺紧张，因为她的脚步渐渐慢了下来，但却一直没有停下来。

声音，停了下来。

花小枝和我，也就停了下来。

过了没多久，声音又开始了，而且越来越远。

"撞鬼了吧？"我问花小枝。

花小枝拍了我脑门一巴掌："别瞎说话，不吉利。"

"那刚才是什么？"

"我怎么知道？"

"像可乐瓶掉地上的声音，搞不好是收破烂的。"

"追上去看看。"花小枝说着就加起了速，而我迟疑了一秒钟。在那一秒的迟疑里，我好像明白了些什么，然后跟了上去。

等我追上花小枝的时候，她已经在雾气里停了下来。

"撞鬼了？"我问花小枝。

"你说对了。"花小枝对我说。

"什么？真撞鬼了？！"

"真的是个收破烂的。"

"那也挺吓人的。"

花小枝就这么站在路边，直勾勾地看着我，看得我浑身发毛。我让花小枝别这么看着我，我紧张。隔了很久，花小枝才开口，说："我刚才被吓到了。"

"他怎么你了？"

"没怎么，就是看着很吓人。"

"谁叫你大半夜出来跑步的。"

"就是很想跑步，也许以后没机会了。"

"鲁迅先生说过，机会就像海绵里的水，挤挤总会有的。"

"是时间！"

"啥？"

"是时间就像海绵里的水，只要愿挤，总还是有的。"

"差不多是那个意思。"

"差多了。"

7

我的婚礼和花小枝的婚礼，确实差多了。

虽然和江小月领了证，但是因为这样那样的原因，婚礼迟迟没有办。按照我的想法，婚礼不办也就不办了。对于江小月来说，不办婚礼，实在是一种解脱。听上去很诡异，但是确实如此。关于这一点，江小月是这么跟我说的："如果离婚的时候不会昭告天下，那结婚的时候为什么要这么做呢？"我说："因为结婚和离婚是两码事。"她说："但都是自己的事。"

细细想来江小月说的话实在很有道理，正好我对于婚礼也没有太大的兴趣，于是也就搁置了下来。但对于我们的父母而言，这简直是一件不可思议的事情。

我只好跟江小月商量："婚礼，可能还是要办，不然爸妈不开心。"江小月说："那就办吧，我爸妈也催着赶紧办婚礼。"我问她办哪种婚礼。她说就简简单单的吧。我又问："嗯，中式还是西式？"她说："西式吧，中式麻烦，而且看着别扭。"我说："那好，那我得求个婚。"那时江小月坐在沙发上，她饶有兴致地看着我，对我说："那倒要看看你能求出什么花样来。"我说："你就等着吧，吓不死你。"江小月笑了，她把手指上的戒指摘了下来递给我，说："太难等了，你这就求了吧。"我捏着戒指，对江小月说："那个……"

那个之后的内容还没说出口，江小月就拿过戒指，戴在了手指上，说："我愿意。"我说："我都没求呢！"她说："《甄嬛传》开始了。"

我和对江小月对婚礼都不怎么上心，于是在领证快一年的时候，我和江小月才腾出时间去各自的家乡办了婚礼。

按理，第一场先在我家办。婚礼的一切都是我爸妈在张罗，江小月和我只负责挨个儿打电话通知亲朋好友。花小枝的电话，我留在了最后一个。可在拨通花小枝电话的一瞬间，我却挂掉了。随后只是给花小枝发了一条短信，告诉她下月三号我办婚礼。

然后时间就这么一天天地过去。

对于小地方来说，婚礼大多是很俗的。江小月和我都不喜欢，婚礼也就往简单办。在酒店里开了一间房，算作江小月娘家的房。早上凑一支 8 辆车的车队，去酒店把江小月接来我家，给父母敬杯茶，迎亲也就算这么结束了。接下来就等着晚上的酒席，最后再闹个洞房。尽管如此，七大姑八大姨还是把整个过程的分贝提高到了一个我难以忍受的程度。我妈就像一个妇联主任一样，似乎把整个小地方 40 岁以上的妇女都召集了过来，像一场联欢会。

我坐在窗边，看着窗外。我记得那天天还是那么蓝，风也还是那么软。在下午的间隙，我得以跑了出来，耳边没有了聒噪，只有风吹树叶的声音。我穿着西服，莫名其妙地爬上了家后面的山坡，找了一块干净的地方坐了下来。我闭上了眼睛，鼻子里全是特别的味道。

当我再次睁开眼睛的时候，眼前仍是相同的模样，鼻子里也还是同样的味道。唯一不同的是，太阳似乎又往下降落了一点，而身边，是二十多年来那张熟悉的容颜。花小枝就这么悄无声息地坐在了我的身边，我一度以为那是幻觉，努力眨巴了眼睛，发现不是，那就是花小枝。花小枝托着下巴看着我，就那么直勾勾地看着我。

"我还以为你不会来了。"我对花小枝说。

"我也不想来的，可忍不住还是来了。"

"来了好，给我包的红包大吗？"

"大。"

"你的红包要是太大了，等你结婚的时候我还不起了怎么办？"

"那我就不结婚了。"

那年，我们 26 岁。

花小枝还是那么看着我，笑着。在此之前相识的这么多年里，她都没有对我笑得这么甜过。我看着她，心里说不出的奇怪。我对她说："你别这么笑着看我，看得我浑身发毛。"听我说完，花小枝忽然就站了起来，伸出手来，对我说："起来吧。"我下意识地握住了花小枝的手，被她拽着漫山遍野地跑。

那时候好像什么都停了下来，然后一切开始不住地倒退。云在倒退，树叶在倒退，连花小枝和我也在倒退。我看花小枝的背影，在春夏秋冬里转变，她穿校服的模样，她穿长裙的模样，她穿花棉袄的模样，她的头发变长了又变短了，她握在我手里的温度变得温暖又变得冰凉。

仿佛间我们回到了 10 岁的年纪，仿佛间我听见她说萤火虫像会发光的绿头苍蝇，仿佛间从那以后的时间都是一场梦，最后我从梦里醒来，花小枝递给我一个装满了萤火虫的玻璃瓶，让我帮她把作业交了。

仿佛间，其实也就是一瞬间。

终于我拽住花小枝，她猛然停了下来，扭过头来看着我，眼里全是不解。我问她："时光可以倒流吗？"花小枝又笑了，笑得仍然是那么甜，是我从来没有见过的甜，她说："时光不可以倒流。"

我记得那时我松开了花小枝的手，像一个犯了错的孩子，哭了起来。

而花小枝什么动作也没有，她就那么看着我，脸上什么表情也没有了。我听见她说："其实我不该来的，可是忍不住还是来了。"

那时太阳已经全然落下了山，脚下的城市也渐渐亮了起来。我抓住花小枝的手，拉着她坐了下来。花小枝却对我说："你该走了，还有人在等你。"

"在这儿等我。"我对花小枝说。花小枝笑了笑，她说："你快去吧。"临走时花小枝又叫住我，问，"你还记得小时候我们在这里捉萤火虫吗？"我说："记得，第二天全死了。"她说："其实当时应该在瓶盖上戳几个小洞，那些萤火虫就不会死了。"我说："那你当时怎么不说？"她说："因为你喜欢那些萤火虫。"我笑了，说："还好我没说过我喜欢你，不然你不得自杀啊！"

花小枝也笑了，走过来理了理我的领结，对我说："今天不许说这些，不吉利。"我问她："你会在这儿等我吗？"花小枝拍了拍我的西服，仰着头直勾勾地看着我，就那么看着我，过了很久，她说："不等了。"

等我回到婚礼现场的时候，我爸妈全黑着脸，然后拽着我进了场。江小月的眼里则是平平淡淡的，什么也没有。她问我："有那么紧张吗？"我说："紧张得我都哭了。"江小月笑了，说我傻。

当我和江小月走在红毯上的时候，我想起了与江小月相识的那一晚。那天天很凉，是深秋的季节，人群很嘈杂，什么样的人都有，舞台上调音的声音尖锐而刺耳，音乐节的狂欢从下午一直持续到了晚上，月亮很圆，灯光打在人群里，却什么也看不见。那时江小月站在我旁边静静待着，似乎任何一首都不能让她兴奋起来。

而此时我看着满桌的宾客，看着身边穿着婚纱的江小月，看着还带有泥印的皮鞋，我似乎意识到了什么。我对江小月说："我爱你。"江小月笑了，她说："我也爱你。"然后她贴过身来在我耳边说："我想要永远爱你。"

婚礼，就这么结束了。

那天夜里我还是爬上了家后面的山坡，在和花小枝道别的地方，花小枝不见了。我记得那晚我在山坡上躺了一夜，脑袋里空空荡荡的，什么也想不起来，没有花小枝，没有江小月，没有任何回忆或者期待，就这么空空荡荡地躺在那片山坡上。

8

那片山坡是在一个清明节被烧掉的。

据说大火烧了一天一夜，树没了，草没了，里面的鸟也没了，当然，萤火虫也不会再有了。

当我看见黑乎乎的山坡的时候，我想这是命，该走的，怎么也留不下。

那年，我 31 岁。

距离我对这个山坡的诅咒，过去了 11 年。

20 岁那年放寒假，我贪玩，晚回来了十几天，差点没赶上过年。据花小枝的线报说，这次不用她揍我，我爸妈就会把我揍了。当我风尘仆仆地赶回来的时候，是大年三十当天中午。我没敢回家，先躲进了花小枝家里。

花小枝当时正在家里包饺子，猪肉白菜馅儿，还没煮，就已经很香了。花小枝先给我下了一盘，对我说："多吃点，一会儿回家扛揍。"我对她说："只要你不揍我，就没事儿。"花小枝说："你以为你跑得掉吗？"我把筷子一放，说："我不吃了。"花小枝往锅里放了一点冷水，对我说："还吃不吃？"我说："吃。"

吃完了饺子，我就回家就义了。虽然是大年三十，但是我爸妈真的没给我好脸色看。一家人就这么死气沉沉地过了一个年，之后我就被关了禁闭，谁叫我也不能出门，除了花小枝。但是花小枝就是不叫我出门。

大年初一到初七，我在家里把春节联欢晚会看了整整七遍。终于在初八的早上，花小枝来叫我了。我几乎带着哭腔对着花小枝说："你终于来了。"花小枝跟我爸妈问过好，然后对我说："我来了啊，我是来找你借东西的。"

"不借！"

"借不借？"

"你要借什么？"

"借你啊！"

"好！"

我就这么高高兴兴地和花小枝出了门，我都不想问花小枝要去干什么，总之，能出门就已经很开心了。花小枝看我蹦跶得厉害，说："你再这样，我就领你回家。"我说："关你这么久，换你你也蹦跶。"

"你这是活该。"她说。

"活该我认，但是不影响我蹦跶啊！我是真憋得难受了，天天看春节联欢晚会，我都看吐了。"

"那你过年前到底都去干什么了？"

"先在学校打了好几天牌，赢了点钱，然后就和朋友顺着回家的路线一路玩儿了过来，最后一段路逃票扒火车回来的，在省城的时候差点没买着末班的汽车票。我其实大年三十头一天就到了，结果张小和又拉着我在他家玩了一晚，打了一晚上游戏。"

"听你的意思，你还挺骄傲的？"

"没有，就是觉得一路上挺有意思。"

"你知不知道你爹妈多担心你？"

"我给他们打电话说了，晚点回来，没什么的嘛。"

"一晚就是十几天，你的心也是够宽的。"

"这么大个儿人了，能出什么事儿？"

听我说完，花小枝就不说话了。我和花小枝就这么漫无目的地在路上溜达着，街上到处都是放炮仗的小孩儿。

我小时候爱放炮仗，点燃了不松手，等着快炸了才丢出去，非得让炮仗在没落地之前就炸了才开心，所以我手上有一块放炮仗留下的疤。之后就长了记性，不敢再放炮仗了，见了炮仗都躲着走。自那之后，花小枝经常拿炮仗来吓唬我，我说你这么一个姑娘家的怎么就那么爱放炮仗。花小枝说这叫爱好。我不知道她爱好的是放炮仗，还是吓唬我。我想都有。

看见那群玩炮仗玩得不亦乐乎的小孩儿，我下意识地和花小枝调了个位置，走到了里面。花小枝却又把我提溜儿了过来，说："要勇于面对童年的阴影。"我对她说："你就是我童年的阴影，我不正勇敢地面对着你嘛。"然后挨了她一巴掌，接着她叫路边那几个小孩朝我扔炮仗，谁扔得准，就奖励谁一盒炮仗。结果我就成了移动碉堡。

我不知道是一盒炮仗的奖励打动了他们，还是能朝活人扔炮仗打动了他们，总之，他们扔得很起劲儿。花小枝也跑到他们那边，把那群孩子的大炮仗都借了过来，准确地说，我记得她借的都是"鱼雷"，扔河里能炸死好几十斤的大鱼的那种。

那群孩子被花小枝领着一路追着我，追到了我家后面的山坡脚下，炮仗也扔完了。他们眼巴巴地看着花小枝，看着花小枝手里的那几盒"鱼雷"。

花小枝对他们说："这个你们可不能玩儿，我没收了。"说着又给了他们几十块钱，让他们买吃的去了。那群孩子屁颠屁颠地走了之后，花小枝问我："童年阴影消除了吗？"我拍了拍被炸得全是灰的裤脚，说："消除了。"

"那走吧，山坡上炸雪去。"花小枝对我说。

那年雪积得很厚，是真有得炸。爬到半山腰，花小枝递了个"鱼雷"给我，说："来吧。"我跟花小枝说："没火，怎么玩儿？"花小枝瞪了我一眼，然后伸手从我裤兜里摸出了打火机和烟。我说："你怎么什么都知道？"花小枝就点了一个"鱼雷"扔到了我脚边。

我奋力跑开了两步，最后踩到雪里的树桩子，跌倒在了雪里，然后那颗炮仗就在雪里绽放了。我的身上炸满了雪花，花小枝也是。我爬起来的时候，花小枝手里还攥着"鱼雷"和火机。

"你疯了吗？"

"我气你。"

"那也不能这么开玩笑啊！多危险！"

"你再吼我！"

"万一炸着了呢，炸到我还好，你呢？脸不就毁了吗！"

花小枝憋了很久没说话，很久之后她才说："你别吼我。"听她说完，我一屁股坐在了雪里，嘴里喃喃说："这破山坡，早晚给你炸平了，炸不平也得给你烧了。"花小枝盘着腿也坐在了雪里，她问我："你错了没有？"我说："我哪儿错了？"她说："你吼我。"我说："不该吗？"她说："不该。"我说："那我就错了。"

那一次花小枝一句对不起也没有对我说，她生气了,她气些什么呢？可能是气我过年前瞎玩儿了十好几天，也可能是气我偷偷学了抽烟，也可能真是气我吼了她。

那天回家的时候，我对她说："谢谢你，因为今天我才能出来。"她问："童年阴影真的好了吗？"

我说："好了。"

9

其实有些东西，是好不了的。我记得曾经看过一句话，大意是这样的：好得了的，叫缺点；好不了的，叫弱点。

那些好不了的，似乎从来也忘不掉。

我记得大学毕业那年，几个同学邀我一起骑行中国，我问去哪儿，他们说去西藏。我说："那你们去，有困难了记得打电话找我。"

虽然没有和他们一起骑车去西藏，但是我还是成功地策反了他们中的一个，让他和我骑行去北京。这个人叫肖大厦。

至于为什么要去北京，理由和那帮要去西藏的人一样扯淡。他们想要去净化心灵，接受藏传佛教的指引，为人生的新阶段开辟新的道路。而我呢，单纯地想去吃一顿北京的涮羊肉。当然，我没敢跟被我策反的同学这么说，我策反他的主要理由是，那帮去西藏的人里面，有一个是 Gay。

对于骑行我一点概念也没有，该怎么研究路线，该怎么准备器材，该怎么应急救援，该怎么蹭吃蹭喝，完全没有头绪，一切都是肖大厦在准备。为了不让肖大厦心里不痛快，我对他说："我这叫学习，孜孜不倦，你看你干什么我都跟着，你打电话说的话我都一个字一个字地记着，到时候骑一趟回来，你还多个徒弟。"肖大厦瞥了我一眼，说："其实，是不是你才是 Gay？"

"当然不是。"我说，"跟你说实话吧，我去北京呢，是想见一个高中同学，我很想念她。这不正好你想搞骑行嘛，我想着这么骑着去，显得有诚意。"

"你要去跟她表白吗？"肖大厦问我。我说，"不是，我就是挺想她，去见见。"我看着肖大厦脸上阴晴不定，又接着说："你想想，他们那帮去西藏的，什么藏传佛教玄乎其玄的，你领着我去北京，这是实打实地解救众生。"听我说完，肖大厦摆了摆手，对我说："行了，别忽悠了，我反正追也追不上他们了，就和你去北京。"

"哥们儿，够意思，到时候我带你去看毛主席。"我冲肖大厦竖起了大拇指。

总之，我当了甩手干部，什么也不管，只管出我的那份钱。肖大厦本来就喜欢琢磨这些东西，研究地图、上网扒骑行攻略，连途经的各个地方的常用语、方言发音也扒拉了下来。我很庆幸我策反的是肖大厦而不是其他人，别人没他这个认真劲儿。

准备了两天之后，我和肖大厦上路了。这一路上，刚出发还好，毕竟还属于南方，除了绕一些路，风景总归是不错的。江南小镇，烟雨飘摇，有山有水，是个踏春的好地方。等到了北方的地界，除了荒凉还是苍凉，春天的勃勃生机，一点儿也没有看见。

出发15天之后，我和肖大厦到了天津，从天津沿京津高速一路骑到了北京东五环，然后彻底骑不动了。下午五点半，京津高速堵得让人崩溃。肖大厦停下来点了一支烟，对我说："就这交通，我宁愿走路。"我说："听说北京风大，瘦点儿能吹飞了，还是坐车好，现在怎么办？"

肖大厦环顾了一下四周，说："旁边看着像个大学，进去找点儿吃的。"我记得那所学校叫北京第二外国语学院，真是外国语大学，什么人都有，黑的、白的、黄的，姑娘一个比一个水灵。肖大厦一路上看傻了，我告诉他别看了，食堂里边儿吃饭的更漂亮。结果在食堂里肖大厦被一个韩国的姑娘搭讪了，越聊越起劲儿。韩国姑娘的中文说得很溜，脸蛋也很精致。我给肖大厦发了条短信：你离得近，看看这姑娘整没整容。肖大厦挺机灵，假装出去接电话了，之后给我打电话，说："不知道啊，鼻子像，太挺了。"我说："长得这么漂亮，就是全身都是假的我也乐意。""嗯，我也这么想。"肖大厦说。

肖大厦回来之后就不停朝我眨巴眼，于是我对他们说："你们聊着，我还有事儿，先走了，明天电话联系。"

"唉，那行吧，你可别玩儿太疯了，明天我们还得去天安门呢。"肖大厦说得还挺不舍。

韩国姑娘给我指了另外一条跟京津高速并行的路，记得好像叫朝阳北路，交通好了很多。我本来计划那天晚上去簋街吃花小枝带我去吃过的涮羊肉，好死不死，第二外国语学院的食堂还真好吃，吃得太饱。于是我想着去趟景山公园，毕竟，那是我第一次去北京被带去的第一个景点。

一路上我开始感受北京的热闹与繁华，那时节冬不像冬，春不像春。在北京笔直的路上穿行的时候，我开始觉得北京确实和我去过的其他城市不一样，可是具体不一样在哪儿呢？全然说不清楚。

我就这样从东五环一路直行，穿过了东四环、东三环、东二环，来到了景山公园。

不出所料，我还是感觉景山公园阴风惨惨的，但是我仍然想去看一眼。我记得花小枝带我来的时候，是下午，从景山公园可以俯瞰整个故宫，夜晚，或许那里有不一样的光景。

我爬到了上次花小枝跟我介绍崇祯皇帝吊死的那棵歪脖子树旁，也不知道是什么人才会在那棵树下面装了一盏绿油油的景观灯。我就坐在那棵歪脖子树旁边，看着眼前的北京。我记得那时的我才开始认真地思考，究竟为什么花小枝想留在这里。诚然，她曾经告诉我，在这里，她能感觉这座城市的跳动。可我还是不理解，就像我不理解千里骑着自行车，爆掉了 4 个轮胎，跌了一身的瘀青和伤疤，终于来到北京之后，为什么第一个出现在我脑海里的念头不是去找花小枝，而是去吃一顿花小枝领我去吃过的涮羊肉。我一点儿也不明白。

我不知道那时是谁的手机铃声，居然是孙楠的《风往北吹》，就那么大咧咧在我身边响起。我扫了一眼附近的人，看见一个光头的大哥接起了电话，声音雄壮地说："干哈？"于是我也没了脾气，不过让人恼火的是，当那位大哥或许已经离开了景山公园的时候，我的脑海里仍然在循环播放着《风往北吹》的旋律。可我只记得一句：风往北吹，你走得好干脆。

就这样，我在中国的心脏——北京，坐在几百年前明朝最后一个皇帝崇祯吊死的歪脖子树旁边，哼着一首华语流行歌坛领军人物孙楠唱的成人抒情曲目——《风往北吹》。

我觉得这很搞笑，可是我一点儿也笑不出来。风确实在吹，感觉是往西南。我看着破了皮的手、撑得快破掉的球鞋，大声地唱了出来：风往西南吹，我走得好疲惫。

忽然，一个声音从我身后传来，说："好久不见啊，王小川。"

脑海里的旋律停了，我嘴里的歌也停了，似乎那时的风也停了。

我扭过头，看见她，笑了。

我说："好久不见啊，花小枝。"

图书在版编目（CIP）数据

我去1992 / 家庭装著. -- 北京：北京联合出版公
司，2017.8
ISBN 978-7-5596-0149-0

Ⅰ. ①我… Ⅱ. ①家… Ⅲ. ①长篇小说－中国－当代
Ⅳ. ①I247.5

中国版本图书馆CIP数据核字(2017)第079496号

我去1992

作　　者：家庭装
出版统筹：新华先锋
责任编辑：龚　将　夏应鹏
特约监制：林　丽
策划编辑：张　斌　宋亚荟
封面设计：杨祎妹
版式设计：徐　倩
营销统筹：章艳芬

北京联合出版公司出版
（北京市西城区德外大街83号楼9层　100088）
北京慧美印刷有限公司印刷　新华书店经销
字数126千字　620毫米×889毫米　1/16　16印张
2017年8月第1版　2017年8月第1次印刷
ISBN 978-7-5596-0149-0
定价：39.80元